Nocturno

DarkTales

NOCTURNO

A CARGO DE **MIKE ASHLEY**

Traducción de Víctor Manuel García de Isusi

Duomo ediciones
Barcelona, 2023

Título original: *Glimpses of the Unknown. Lost Ghost Stories*

Esta colección fue publicada por primera vez en 2018
por The British Library, 96 Euston Road
London NW1 2DB

© de la introducción, selección, 2018, Mike Ashley
© de la traducción, 2023, Víctor Manuel García de Isusi
© de esta edición, 2023, por Antonio Vallardi Editore S.u.r.l., Milán
Todos los derechos reservados

Primera edición: noviembre de 2023

Duomo ediciones es un sello de Antonio Vallardi Editore S.u.r.l.
Av. de la Riera de Cassoles, 20 3.º B. Barcelona, 08012 (España)
www.duomoediciones.com
Gruppo Editoriale Mauri Spagnol S.p.A.
www.maurispagnol.it

ISBN: 978-84-19521-97-2
Código IBIC: FA
DL: B 17935-2023

Diseño de interiores y composición:
Grafime, S. L.

Impresión:
Grafica Veneta S.p.A. di Trebaseleghe (PD)

Impreso en Italia

EN EL DIQUE

de Hugh E. Wright

I

¿Conoces el Dique? Pero no me refiero al Dique que se ve por las ventanillas de ese taxi en el que avanzas a toda prisa en dirección a la gran ciudad para reunirte con tu respetable abogado por el asunto de los desagües de Hampstead; y tampoco me refiero a la hilera de llamativas luces, reflejadas cada una de ellas en el oscuro y desarreglado pavimento que se ve desde las ventanas del Savoy cuando estás cenando después del teatro o en una noche de lluvia. No, me refiero al Dique de las dos de la madrugada, bajo una llovizna de noviembre, cuando la marea del regocijo londinense está bajando y dejando su residuo de maderas arrastradas por la corriente bajo los puentes, en los bancos y en inesperadas grietas y rincones que ni el mayor de los optimistas consideraría resguardados —y que, ¡oh, por Dios!, ojalá estén secos—. Crudos y feos son estos pecios, maltratados por numerosos vientos y mareas, rotos y retorcidos por tormentas y tensiones, ¡lúgubres caricaturas del pasado! ¿Conoces el Dique? ¡Considérate afortunado si no lo conoces!

Es posible que hoy en día haya cambiado. Yo te hablo de cómo era hace quince años, antes de que los tranvías

7

eléctricos avanzaran zumbando feroces de aquí para allí en intervalos de media hora e hicieran añicos su silencio y soledad con el sonido metálico de sus campanas y sus luces resplandecientes. Tienen el sueño ligero los vagabundos de Londres y es fácil perturbárselo. Es posible que, a la deriva, hayan llegado a barrios más silenciosos.

A mitad de camino entre la Avenida y el Puente de Westminster hay un banco que tiene una historia... y también una peculiaridad. La peculiaridad es la siguiente: da igual a qué hora de la noche pases por delante de él, da igual lo abarrotados que estén de humanidad deteriorada los bancos que hay al lado..., en aquel siempre hay un hueco vacío. Hace quince años estaba vacío y ya por aquel entonces llevaba veinte años estándolo y, a menos que la mano del tiempo o el Ayuntamiento de Londres hayan quitado el banco, me apostaría lo que quieras a que ahora mismo hay en él un hueco vacío. Raro, ¿verdad? Pues la historia es aún más rara..., pero no es mi historia, así que, antes de contártela, deja que te explique cómo me la contaron a mí.

Sucedió hace unos quince años. Me había quedado a trabajar un rato por la noche en la oficina y el camino a casa me llevó hasta el Dique. Eran las tres y cuarto de la mañana. Cada madrugada durante una semana, o puede que más, pasé por delante de ese banco y me pregunté por qué nadie ocuparía aquel hueco. En una ocasión paré a un policía y se lo pregunté. Admitió que le resultaba curioso, pero —al igual que los seiscientos nobles— me respondió que a él «no le correspondía razonar» y lo «consideró una mera casualidad».

Aquello no me satisfizo y cosa de una semana después el destino me envió a la única persona de Londres que conocía la historia. Me la presentaron en una cena del club. Era veinte años mayor que yo, o eso me pareció, y por lo que tenía entendido, era conocido por saber más que ninguna otra persona viva de los entresijos de Londres.

El hombre había cambiado el periodismo de éxito por la literatura de éxito y me tenía deslumbrado. No obstante, sentado a mi lado en la cena, fue lo bastante generoso como para incluirme en la conversación y mostrar interés genuino por lo poco con lo que contribuí a ella.

La idea se me pasó por la cabeza a lo largo de la cena: «¿Sabrá algo de ese banco que siempre tiene un hueco vacío?». Sentía la tentación de preguntárselo. Hasta los cafés y los puros, no obstante, no encontré el valor suficiente para decir:

—Hay un rinconcito de Londres que conozco y que estoy seguro de que ha de tener su propia historia. No sé si podría usted ayudarme.

—Londres es un pueblo más bien grande —respondió cordialmente—, pero, si la sé, se la contaré. ¿De qué lugar se trata?

—Siendo sinceros, no podría considerarse siquiera un lugar como tal —añadí dubitativo—. Ahora que he sacado el tema, de hecho, me preocupa que pueda considerarlo usted una verdadera tontería. Al fin y al cabo, no se trata sino de un banco que hay en el Dique y en el que siempre hay un hueco vacío.

El hombre estaba llevándose el café a los labios, pero dejó la taza en la mesa sin llegar a darle un sorbo siquiera.

—¿Entre la Avenida y el Puente de Westminster? —dijo despacio.

—¡Así que lo conoce! —exclamé aliviado.

—¡Claro que lo conozco! —Me miró extrañado—. Así que el hueco sigue estando vacío, ¿eh? —añadió como para sí.

—Lo estaba la semana pasada. —Y le expliqué a qué se debía que estuviera al tanto de ello.

El hombre que tenía enfrente atrajo a cierta discusión al escritor y durante un buen rato no tuve oportunidad de hablar más del asunto. De hecho, no volví a encontrar la oportunidad hasta que se estaba levantando para irse a casa.

—Disculpe —le dije a toda prisa—, lo de la historia...

—¿Todavía quiere saberla? —me preguntó con una sonrisa.

—¡Por supuesto! —respondí ansioso—. Si no le importa.

—Pues venga a cenar a mi casa el jueves de la semana que viene. ¿Sabe la dirección?

Como comprenderás, no tardé lo más mínimo en aceptar su invitación.

—Y, por cierto —añadió ignorando mis muestras de agradecimiento—, si durante estos días hay alguna noche en la que no llueva, vuelva a pasar por delante de ese banco a eso de las siete o las ocho de la mañana. Si nota algo extraño, cuéntemelo, y obtendrá usted su historia a cambio. ¡Buenas noches!

Tres noches después de aquella no llovió nada y a eso de las siete y media de la mañana me acerqué al Dique paseando para echarle otra ojeada al banco, tal y como el escritor me había sugerido. ¡Bajo ningún concepto iba a perderme esa historia!

El banco parecía completamente normal con la primera luz del día y lo único que llamó mi atención es que había un charquito en uno de sus extremos, como si alguien hubiera estado retorciendo allí una toalla mojada.

No podía ser por la lluvia, porque, como ya he dicho, había hecho una buena noche y, además, el resto del banco estaba seco. Examiné el banco, pero fui incapaz de dar con nada que se saliera de lo ordinario y, al cabo de un rato, decepcionado, decidí marcharme.

Llegó la noche del jueves y, con ella, la cena con el gran hombre, que resultó de trato afable. Durante la cena me preguntó si había ido a ver el banco alguna mañana temprano y si había encontrado algo en él.

—Fui a mirar el sábado por la mañana, pero no vi nada fuera de lo corriente.

—¿Ni el más pequeño detalle?

—Una cosa sí que vi —respondí dubitativo—, pero no me pareció digna de atención.

—¿Qué vio?

—Que un extremo del banco estaba bastante mojado, aunque no había llovido en toda la noche.

Mi anfitrión no dijo nada, pero se quedó pensativo. Después de la cena me contó la historia. Le pregunté por qué no la escribía.

—Me siento tan próximo a ella que considero que no sería capaz de hacerlo con la perspectiva adecuada. No obstante, si quiere usted utilizarla, adelante. ¡Ahora bien!, no mencione mi nombre, eso es cuanto le pido. Aunque de poco le servirá, porque nadie la va a creer y, si la creyeran..., no les gustaría. Ni es divertida ni es bonita. Acepte mi consejo: ¡olvídese de ella!

Pero no acepté el consejo y aquí está la historia. He intentado contarla lo más parecido posible a como me la contaron a mí y una cosa está clara... ¡ni es divertida ni es bonita!

II

—Es una coincidencia curiosa que me preguntara usted por la historia del banco vacío porque, supongo que, exceptuándolo a usted, soy la única persona que la conoce —empezó diciendo mi anfitrión—. Yo, desde luego, nunca se la he contado a nadie. En primer lugar, y en lo que respecta a esta historia, he de confesar dos crímenes contra la sociedad: la pobreza y la cobardía; porque empecé siendo pobre y acabé teniendo muchísimo miedo. Supongo que lo primero es lo que más importa, pero puede que hasta eso se me pueda perdonar después de veinte años.

Estuvo fumando su puro como con pereza durante uno o dos minutos y, entonces, prosiguió con la historia:

—Sí, sucedió hace más de veinte años, pero no he olvidado el banco y dudo mucho que vaya a olvidarlo jamás.

»¿Alguna vez ha sido muy pobre? Y no me refiero a estar sin blanca, a estar pelado, sino a ser más pobre que una rata. Yo lo era por aquel entonces y le aseguro que no es agradable. Aunque no me faltaba lo más básico, como les sucede a esas personas que viven en la calle, porque iba a empezar en un trabajo en cuestión de quince días, contaba con un traje y unos zapatos que impedían que tuviera húmedos los pies, y tenía dos libras con cuatro peniques en el bolsillo. También tenía una maleta en el guardarropa de Charing Cross, pero, por otro lado, no conocía en Londres a nadie que confiara en mí lo suficiente para darme alojamiento, que es por lo que me había visto obligado a dejar allí la maleta, que se me comía un penique diario de mis modestos ahorros porque no quería tener que cargar con ella allí adonde fuera.

»No tardé en darme cuenta de que debía reservar

esas dos libras y cuatro peniques para comer. Pensaba que podría arreglármelas para mantener el cuerpo y el alma con eso, pero era incapaz de encontrar margen suficiente para dar con un sitio donde dormir. Había leído acerca de gente que había "empezado en el Dique" y pensé que bien podía probar yo también. Hasta cierto punto, sonaba romántico. Pensaba que quedaría bien mirar atrás años después y contar que había pasado por aquello. Al fin y al cabo, solo iba a ser durante quince días. ¡Con veintidós años se es muy tonto todavía!

»No voy a cansarle con los pormenores de cómo fue ese primer día, ¡aunque le aseguro que fue aburridísimo! Aun así, Londres era nuevo para mí y había tiendas y personas que observar... ¡y eso ayudaba a mantenerse seco, que era muy importante!

»Recuerdo que para medianoche estaba cansadísimo. Media hora después la multitud empezó a reducirse y yo decidí dirigirme, sin prisa, al Dique, el objetivo de mi esperanza.

»La idea era dar con un banco, tumbarme en él lo más confortablemente que pudiera y dormir. Comprenderá lo sorprendido y lo molesto que me sentí cuando descubrí que todos los bancos estaban llenos de montones de harapos que, cuando los analizabas con detenimiento, resultaban ser seres humanos. Y no solo los bancos, cualquier rincón que ofreciera el más mínimo refugio tenía un ocupante humano. ¡Resulta que había llegado media hora tarde!

»Comencé a dar vueltas desanimado y, por si fuera poco, empezó a lloviznar. Me preguntaba dónde demonios iba a dormir esa noche. Que el Dique estuviera lleno fue la gota que colmó el vaso.

»Aproximadamente a medio camino entre la Avenida y el Puente de Westminster, de repente, me alumbró un rayo de esperanza. Me sorprendió ver un hueco vacío en uno de los bancos. Se trataba de uno de los extremos, porque el resto del banco estaba lleno con entre cinco y seis indigentes apiñados en montones grotescos.

»Estas personas me miraron con indiferencia a medida que me acercaba y a punto estaba de sentarme cuando desde la otra punta del banco una de ellas me dijo con voz ronca: "*L'establo'stá reservao*, amigo. Prueba más arriba, en la galería".

»Oí una risita femenina, como de una anciana, y otra voz que sonaba como un graznido soltó: "¡*Se'á* posible...! ¿¡Es que no veis *que'sta* buscando el palco real!?". Y una tercera voz gruñó malhumorada: "¡Sea como sea, no *pue* sentarse ahí! ¡Será *tonto'l* culo! ¡Lárgate!".

»Fue entonces cuando habló el hombre que estaba sentado junto al hueco vacío y que parecía un hurón con la cara pálida y los ojos enrojecidos y acuosos. Llevaba un bombín demasiado grande que le quedaba justo por encima de las orejas y su única vestimenta parecía ser un enorme abrigo amarillo y sucio que ataba con una cuerda.

»"¡Callaos! —ladró, tras lo que me echó una ojeada taimada y gimió—: Siéntate, amigo, y *no'es* hagas caso.

Estos *son'nos* cerdos, *'nos* cerdos asquerosos, ¡y se comportan como tal!".

»En el banco oí una serie de murmullos indistinguibles, aunque me pareció entender: "Y ¿*c'hay* del Bizco?".

»"¿*Ties* un poco de tabaco?", me preguntó el de la cara de hurón mientras me dejaba caer en el hueco suspirando aliviado. Le respondí que no.

»"¿Y una moneda *ties*?".

»"No. Estoy sin blanca".

»El hombre escupió a la tapa de una alcantarilla y le acertó en el centro. Luego me miró mal. "Pensaba *que'ras* un ricachón", gruñó antes de darme la espalda y clavarme en las costillas un codo que me resultó curiosamente puntiagudo.

»"No se *pue* sentar ahí, sea rico o pobre", gruñó la voz del que descansaba en la otra punta del banco.

»"¡Cállate *d'una* vez! ¡Ya sé que no *pue* sentarse ahí! —le espetó mi vecino—. ¡Cállate! ¡Cállate, que me quiero reír un rato!".

»"¡Ji, ji, ji! —cacareó la mujer del grupo—. ¡Lo que nos vamos a reír cuando *vuelva'l* Bizco!". Y soltó otra risa roñosa que acabó convirtiéndose en un horrible ataque de tos de perro que derivó en una especie de gorjeo.

»Un poco confundido, me pregunté quién sería el tal Bizco y por qué íbamos a reírnos cuando llegara. Si no hubiera estado tan cansado que no era capaz de pensar con claridad, lo habría comprendido. Me vino a la cabeza eso que se dice de que "los pobres se ayudan unos a otros". Aquella gente entre la que había acabado parecía hospitalaria. Hice lo imposible por apartarme de aquel codo infernal sin caerme del banco. No es que confiara mucho en el del sucio abrigo amarillo; parecía que tuviera gusanos y apestaba.

»Se hizo el silencio durante un rato, exceptuando maldiciones ocasionales pronunciadas entre dientes y otro ataque de tos de la anciana. Fue entonces cuando oí a alguien que avanzaba arrastrando los pies y noté primero cierto movimiento en el banco y, después, que algunos levantaban la cabeza. Yo también la levanté y vi a un hombre que me miraba desde lo alto.

»Ojalá pudiera describírselo adecuadamente. La edad... yo diría que podía estar entre los cuarenta y los setenta. Era alto, por encima del metro ochenta, pero estaba encorvado, por lo que era posible que fuera aún más alto. Tenía la cabeza grande, con la cara, flácida y grisácea, medio escondida por un pelo y una barba que, si bien eran negros, empezaban a clarear. Sus brazos eran largos, anormalmente largos, y acababan en las manos más grandes que he visto en la vida. Más que vestido, yo diría que iba envuelto en harapos y que no era, ni por asomo, el primero que se los ponía; conté los restos de al menos tres abrigos. Me miraba detenidamente a los ojos y enseguida me di cuenta de que su ojo izquierdo tenía una fortísima bizquera. No hace falta decir que de inmediato me di cuenta de que aquel debía de ser ese al que llamaban "el Bizco". Se me quedó mirando en silencio durante cosa de un minuto.

»"¿No te ha dicho nadie que estás ocupando mi sitio?", dijo por fin con un susurro ronco y jadeante. La suya era una voz horrible que chirriaba como si se tratase de un gozne oxidado; pero el hombre hablaba de manera educada, lo que hizo que la situación me resultara aún peor.

»"Admito que no se puede decir que me hayan dado la bienvenida —respondí—. Incluso me han sugerido que me 'largara'... Sin embargo, nadie me ha dado una razón de peso para que lo hiciera".

»"Supongo que eres neófito en la Vieja Orden de los Zarrapastrosos", soltó sin dejar de mirarme a los ojos.

»"Si con eso me estás preguntando si esta es la primera noche que paso al raso, sí, lo es".

»"No tienes de qué avergonzarte, muchacho —croó—. ¡No tienes de qué avergonzarte! Todo tiene un principio. Incluso yo lo tuve. ¡Qué pensamiento tan maravilloso para alguien con aspiraciones filosóficas!".

»Por un momento se quedó pensativo. Y tenía razón, ¿sabe?, era un pensamiento maravilloso. Resultaba imposible concebir que esa abominación desaliñada y sucia hubiera sido en su día un bebé rosita que gorjeaba en la bañera.

»"¡Deja *d'hablar* con el sinvergüenza ese, jefe —le imploró el hurón—, y tíralo *d'una* vez! ¡Diviértete un poco con él!".

»"Calma, Pelirrojo, calma —resolló el grandullón—. ¿A qué viene tanto ímpetu? Se hará justicia, no sufras, pero comportémonos en esta noche de hoy tal y como lo harían los dioses y templemos la justicia con clemencia, ¿eh, Pelirrojo?".

»"No *he'ntendio na* de lo *c'has* dicho —refunfuñó el Pelirrojo—, ¡pero tú tíralo *d'una* vez! ¡Dale fuerte, que tú *pue's!*".

»"No es necesario que peleemos —dije—. Si este es tu sitio, me marcho", y me levanté con intención de irme. Automáticamente, una mano descomunal me cogió por el hombro y me obligó a sentarme.

»"No tan rápido, señorito —me dijo el Bizco entre susurros. Luego se volvió hacia el Pelirrojo—: ¿Has advertido a este caballero de que este es el hueco en el que siempre duermo?".

»"¡Por supuesto, *p'ro s'ha sentao* igualmente!".

»"Pero... ¡serás mentiroso! —Me volví hacia él muy enfadado—. ¡Has sido tú quien me ha dicho que me sentara y me has pedido a cambio tabaco o una moneda que no tenía!". Acababa de entender la razón de su hospitalidad.

»"No deberías mentir, Pelirrojo", dijo el Bizco mientras negaba con la cabeza.

»"¡*T'o* juro por Dios!", respondió el Pelirrojo.

»"Mentir una vez es un error, pero mentir dos es casi casi una ofensa, Pelirrojo".

»"He *pensao* que *t'aría* gracia verlo aquí *sentao* y *'sa-*

certe d'él, jefe", musitó el Pelirrojo mientras se revolvía en su asiento.

»"Me gusta divertirme, sí —dijo el Bizco con tono monocorde—, pero me gusta ser yo quien elige con quién se divierte". Se inclinó de repente, cogió al desafortunado Pelirrojo por el brazo, justo por encima de aquel codo puntiagudo, y lo levantó. Luego, inclinó la cabeza hasta que casi tocaba la del Pelirrojo. "¿Crees que me estoy divirtiendo, Pelirrojo? Dime, ¿tú qué crees?", susurró suavemente.

»"¡Dios, mis brazos! ¡... Dios! —se quejaba el Pelirrojo al tiempo que se retorcía—. ¡Ay, Dios, que *m'os* rompes! ¡Suelta, jefe! ¡Ay, por favor..., suelta!".

»El hombre grande se volvió hacia mí: "El sitio del Pelirrojo ha quedado libre, jovencito. Espero que comprendas que los viejos como yo tenemos manías y que prefiero sentarme en el extremo".

»Me cambié al sitio del Pelirrojo sin pensármelo. Los demás ocupantes del banco observaban lo que sucedía con apatía y solo la anciana soltó la risita aquella tan suya, tras lo que cacareó: "¡*Cómo's* este Bizco, ¿eh?!", y sucumbió a otro ataque de tos.

»El Bizco debía de ser muy fuerte, porque se sentó en la esquina del banco después de haber cogido al Pelirrojo, a quien obligó a continuación a ponerse de rodillas, lo rodeó con las piernas y, poco a poco, pasó a sujetarle ambas muñecas con una sola de sus manos nervudas.

»"No vuelvas a gritar, Pelirrojo, o te mato. No vuelvas a gritar", y le sacudió una bofetada.

»Sé que suena divertido, pero le aseguro que es la situación más horripilante que me ha tocado vivir. Lo hizo en el más absoluto silencio, monótonamente, como una máquina, con la mano bien abierta. Y siguió. El Pelirrojo gimió, maldijo y se retorció, pero todo ello por lo bajo. Al final, lloriqueaba incesantemente como un animal. Por fin el Bizco se cansó de tanta torta y tiró al Pelirrojo al suelo, a sus pies, y este permaneció ahí durante dos o tres minutos, tan aturdido que era incapaz de moverse. Por fin consiguió recomponerse, se acercó como pudo al muro del Dique y, apoyando la cabeza en el brazo, lloró como un párvulo. Al cabo de un rato, quejumbroso aún, se alejó cojeando en dirección a la Avenida hasta que se desvaneció en la noche.

»Sé lo que va a decir, me va a preguntar por qué no lo detuve. Sí, supongo que debería haberlo hecho, pero no tenía la templanza de los mártires, al menos, con veintidós años. Además, eran las dos de la mañana, una mañana lluviosa y bestial, y me encontraba mal, tenía frío, y estaba mojado y destruido tanto física como mentalmente. ¡Ya, ya sé que no es excusa! Recuerdo que me aventuré a soltar un tímido: "Ya es suficiente" al cabo de un minuto, más o menos, pero, si me oyó, desde luego, el Bizco no me hizo el más mínimo caso. Tampoco olvidemos que aquello era lo que el Pelirrojo había intentado que me sucediera a mí. Y si aquel hombre extraordinario hubiera querido darme a mí aquella paliza, yo no habría sido sino un crío indefenso en aquellas infernales manos suyas.

»Una vez que el Pelirrojo desapareció, el Bizco se volvió hacia mí y me susurró: "Una pequeña lección de justicia elemental".

»"No me ha parecido que estuviera muy templada con clemencia", le respondí.

»"Por si no te has dado cuenta, pretendía que fueras tú quien la recibiera".

»"Aun así, no sé si se merecía una paliza tal".

»"No lo sé... Puede que me haya pasado, pero lo he disfrutado... y eso es lo importante. Sé que la tunda ha sido brutal, pero es que así son los abusones. Esta es una escuela muy dura; la calle, me refiero. O abusas tú de los demás o abusan ellos de ti. En mi caso, abuso..., ¡y me encanta! Ahora bien, soy un abusón sensato y jamás me pierdo el respeto. Si superas con éxito tu noviciado con nosotros, te darás cuenta de que no te estoy diciendo sino la pura verdad. Aunque yo diría que, si bien *estás* entre nosotros, no *eres* uno de los nuestros".

»"Desde luego, no tengo intención de quedarme aquí toda la vida; dentro de quince días empiezo en un trabajo. La cuestión es que ahora mismo... estoy sin blanca".

»"Vamos a esforzarnos para que tu estancia entre nosotros sea agradable —murmuró amablemente antes de inclinarse hacia delante y dirigirse al resto del banco—: Este caballero va a quedarse en el sitio del Pelirrojo durante su corta estancia entre nosotros... y espero seguir encontrando vacío también mi sitio".

» "Doy por hecho, siendo así, que acabo de recibir la libertad del Dique", le dije sonriendo ligeramente.

» "Bajo esas condiciones, sí", respondió solemne.

» "Haré todo lo posible para no tener que llevarme ninguna paliza", le aseguré.

» "Si te soy sincero, no me gustaría verme forzado a pegártela. Esta gentuza no destaca por su conversación y con ellos solo malgasta uno saliva, sin embargo, da la sensación de que tú tienes cierta inteligencia. Eres inmaduro, qué duda cabe, pero eres inteligente".

» Bajé la cabeza para darle las gracias. Se quedó pensativo unos minutos.

» "¡Y pensar que en cuestión de dos semanas vas a entrar a formar parte de las filas del mundo de los trabajadores! Cada día va uno y hace ese poquito lo mejor que puede. Cada semana, agradecido de corazón, subirás las escaleras a recoger tu pequeño estipendio; semana tras semana, año tras año. Luego te casarás, tendrás hijos..., que harán que te sientas muy orgulloso..., y, un tiempo después, dejarás de ser uno de los obreros del mundo, te darán una lápida de imitación a mármol en la que habrán grabado 'En memoria de blablablá' y los críos del pueblo jugarán a pídola encima de ella cuando el sacristán no esté mirando. ¡Qué vida tan fatua!".

» "Pero es mejor que el Dique".

» "Eso, desde luego, depende por entero de tu naturaleza y, teniendo eso en cuenta, no existen un 'mejor' o un 'peor' arbitrarios".

»"Algunos de los trabajadores del mundo hacen trabajos que les sobreviven", sugerí.

»"Me pregunto si dormirán mejor porque su lápida sea de mármol de verdad y porque alrededor de su tumba haya una valla que impida el 'entretenimiento inocente' de los críos", respondió pensativo. Luego cruzó las piernas, apoyó el brazo en el respaldo del banco, bajó la vista y me lanzó una mirada benevolente. "Si alguien me pidiera consejo..., ¡y Dios no lo permita!, pero si alguien me lo pidiera, un joven como tú, por ejemplo, consejo acerca de cómo comenzar en el Viaje de la Vida, creo que le diría: No te habitúes a nada. Sí, creo que eso es lo que le diría —y lo repitió despacio—: No te habitúes a nada".

»"¿Ni siquiera a lo bueno?".

»"No hay hábitos buenos. ¡Son todos malos! ¡Malos malísimos! Te lo aseguro, lo peor del mundo es tener un hábito del que no puedes deshacerte. —Me miró duramente con un ojo, mientras con el otro parecía que estuviera pendiente de lo que sucedía en el río—. ¡Lo peor del mundo!", lo repitió con aire pesimista y se quedó un tiempo en silencio.

»Al cabo de un rato volvió a la carga: "¿A que nunca habrías dicho que, como quien dice, soy rico?". La pregunta me pilló por sorpresa.

»"Pues, la verdad...".

»"No, claro que no lo habrías dicho, ¡no eres idiota!

Pero yo sí... Dispongo de una asignación de treinta chelines semanales. Llegan a un restaurantito y es la dueña quien los recibe. Me entrega veintiséis y los otros cuatro se los queda a cambio de darme de comer".

»"¡Por Dios, entonces, ¿por qué duermes aquí?! ¡Seguro que podrías alquilar una habitación decente!".

»"A eso es justo a lo que me refería: ¡hábitos! El brandi, por ejemplo. He intentado pasarme a la cerveza, pero no puedo. Y eso que cerveza podría beber mucha más... Siempre me convenzo para andarme con cuidado, para gastar solo tres con nueve al día en brandi y llegar así al final de la semana, pero no sirve de nada, ¡se me va todo en las primeras doce horas!".

»"¡Veintiséis chelines en brandi en solo doce horas!", no me lo podía creer.

»"Hábitos —croó—. ¡Hábitos! Y lo peor de todo es que ya no me sabe a nada. ¡Ni siquiera me emborracha! Este asiento —palmeó el banco— es otro hábito. Llevo cerca de cuarenta años durmiendo en él. ¡Cuarenta!".

»Se me escapó un: "¡Por Dios, es terrible!".

»"No hay infierno peor que el de un hábito del que no puedes librarte", insistió. Durante un rato estuvo musitando algo. Me dio la impresión de que se iba a dormir, pero, de súbito, tuvo un pronto feroz: "¡Aunque, ¿quién dice que no puedo librarme de él?! —Y, más calmado, añadió—: Si pudiera... —Y se volvió hacia mí—: Hay una manera de librarse de los hábitos, ¿verdad", y me miró con el ojo bueno.

»"Es cuestión de fuerza de voluntad".

»"Sí, eso es —musitó—. La voluntad... ¡y la manera! Porque siempre hay una manera ¡si es que tienes la voluntad!". Se puso de pie y se acercó a trompicones al muro del Dique. Apoyó en él los brazos y se quedó mirando el río durante uno o dos minutos. ¡Sabe Dios qué vio! Después de ese tiempo se medio giró hacia mí y me dijo: "Nunca te habitúes a nada", luego resopló y, antes de que tuviera claro a qué se refería, saltó.

»Y bueno..., no hay mucho más que contar. Supongo que imagina usted la escena que siguió a aquello. La habitual multitud, salida de vaya usted a saber dónde..., el típico policía entrometido... ¡Incluso llegó una lancha de la policía! Yo me alejé de allí en cuanto pude, pero llegué a oír el epitafio que pronunció la zarrapastrosa anciana, que empezó con el cacareo de su risa: "¡Ji, ji, ji! Ay, este Bizco..., genio y *figura'sta* la sepultura".

»No me gustaría cansarle contándole lo que fue el resto de aquella agotadora noche, ni el agotador día siguiente. De una u otra manera, conseguí superarlo. Y no sería capaz de explicar lo que me llevó, arrastrando los pies, hasta aquel maldito banco poco después de la medianoche del día siguiente. Tampoco es que supiera adónde más ir y, quizá, hasta cierto punto, aquel hueco vacío me provocara una fascinación mórbida, extraña. Sea como fuere, allí me presenté.

»El asiento del Pelirrojo me estaba esperando y algunos de los vagabundos de la noche anterior ya estaban

26

allí, entre ellos la gris anciana, que me saludó con una de esas risas suyas. Nada más sentarme se me pasó por la cabeza que el pobre Bizco ya no iba a necesitar su asiento nunca más, así que lo ocupé para estar más cómodo.

»No creo que durmiera nada, pero es posible que echara alguna que otra cabezadita. Me sentía lánguido, cansado y desanimado. Había oído al Big Ben dar las dos unos minutos antes cuando me fijé en que algo se movía por el muro del Dique. Me quedé mirando con curiosidad. ¡Sí, sí, había algo! ¡Un hombre escalaba el muro por el lado del río! Poco después se desplomó en el suelo convertido en una masa desgarbada. Se esforzó por ponerse de pie y enseguida me di cuenta de que era muy alto. Era una persona, claro..., qué otra cosa iba a ser. Solo que..., si de verdad lo era, ¿qué le pasaba en la cara? Cogí con fuerza a mi vecino por el brazo y este levantó la vista. Nunca olvidaré cómo se dibujó el terror en su rostro, que se tornó blanco. "¡Por Dios..., pero si es el Bizco!", balbuceó antes de desaparecer en mitad de la noche.

»Uno a uno y poco a poco, mis compañeros del banco fueron marchándose en el más absoluto silencio, incluso la anciana de la risa. En cuanto a mí... ¿Alguna vez ha sentido usted miedo, pero un miedo que le haya helado el alma? No es una experiencia que le desee a nadie; evítela si puede. Yo me quedé sentado..., ¡pero es que habría sido incapaz de moverme aunque me hubieran ofrecido mil libras! ¡Ni siquiera era capaz de pronunciar sonido alguno! Y aquella cosa empezó a avanzar hacia mí y a mirarme a los ojos. No voy a intentar describirle el aspecto que tenía, porque no quiero ser el causante de que no concilie usted el sueño esta noche, pero aquellos ojos relumbrantes que me miraban como si en su interior ardiera un frenético incendio... padecían una horrible bizquera.

»Entonces me llegó un susurro jadeante, burbujeante: "¡Maldita sea, vuelves a estar sentado en mi sitio!". Yo no tenía fuerzas para levantarme del banco, pero, y aunque hoy en día sigo sin saber cómo, conseguí correrme a un lado y apartarme de su hueco mientras él se sentaba. Lo rocé con la mano por un segundo y resultó que estaba embarrado, empapado y frío como el hielo.

»"Cuarenta años... ¡Cuarenta años de hábito! No se puede uno librar con facilidad de algo así. He tenido que volver, ¿ves? ¡He tenido que volver!".

»No sé cómo, pero conseguí que mis pies se movieran de nuevo y salí corriendo y balbuceando tonterías... hasta darme de bruces con un fornido policía.

»"¡Pero bueno...! ¿¡A *qué'stá* jugando!?", me soltó bruscamente.

»Tartamudeando, le respondí: "¡E-el banco! ¡Por Dios, l-la cosa esa d-del banco... es... es el Bizco! ¡Ay, Dios...! ¡Ay..., Dios mío!", y le señalé el banco vacío que había unos metros más allá.

»El policía me ayudó a mantenerme en pie, porque temblaba tanto que estaba que me caía.

»"*Usté* lo *c'ha tenío* es una pesadilla, amigo. —Lo cierto es que me lo dijo de buenas maneras—. ¡En ese banco no hay *na'*!".

»Miré el banco sin dejar de temblar y, en efecto, estaba vacío. "¡P-pero si estaba ahí! ¡Estaba ahí!".

»"Venga a verlo *usté* mismo—me dijo mientras me acompañaba hasta la parte de atrás del banco vacío—. Aquí no hay *na'*", y pasó la mano por el respaldo para demostrármelo. De pronto, sin embargo, su mano se detuvo y el policía me miró con cara rara. "¿En qué lado estaba?", me preguntó.

»"En ese..., justo donde está usted". El policía iluminó la zona con su linterna y allí no había nada..., a excepción de un charco de agua.

»"*Na'* de *na'*", se dijo a sí mismo. Una vez más volvió a pasar la mano por el respaldo... y a apartarla a toda prisa. Se giró y me miró con cara de repugnancia. "Creo que *tie usté* razón, amigo —confesó despacio—. Ahí hay algo..., algo que no *tie* ningunas ganas de moverse. Lo he *sentío*..., ¡está frío y húmedo! ¡Puaj! Venga, acompáñeme a la comisaría, que a los dos nos vendrá bien una taza de café".

»De camino a la comisaría le conté toda la historia y, cuando llegamos, el policía intercambió unas palabras con su sargento y, poco después, me sentaron frente a una gran chimenea con una taza de café humeante y una rebanada gruesa de pan con mantequilla.

»Nadie me molestó el resto de la noche, aunque no dormí mucho..., como podrá usted imaginar. El policía regresó a las seis de la mañana y me pidió que lo acompañara. Estaba tan dormido que ni siquiera me pregunté por qué. Lo acompañé, sencillamente, hasta que estuvimos frente a su sargento y a otro compañero.

»"Acaban de encontrar un cadáver en el río —me dijo el sargento— y me preguntaba si podría usted identificarlo, muchacho".

»"Lo dudo mucho, señor —comentó el otro policía—. Está *hinchao* y, además, la hélice *d'un* vapor ha *dejao* al pobre sin un brazo y sin media cara".

»"Pero los ojos sigue teniéndolos... —susurré— y padece una terrible bizquera, ¿verdad?".

»"¡Por Dios, así es! —comentó el policía—. ¿¡Cómo sabe *usté* eso!?".

»Por eso le dije el otro día que es un error pensar que el banco está vacío —concluyó mi anfitrión—, porque no lo está. Al Bizco nunca se le dio nada bien librarse de los hábitos.

HUGH E. WRIGHT

Hugh Esterel Wright (1879-1940) fue actor, compositor y artista de vodevil. Provenía de una familia pudiente y sus antepasados habían sido banqueros y dueños del Butterley Iron Works de Derbyshire. Hugh siguió a su hermano mayor, Philip, a la Marina Real en 1893 como guardiamarina y lo licenciaron por invalidez en 1902. Hugh decidió dedicarse a los escenarios, daba conciertos en fiestas y actuaba en espectáculos de variedades antes de empezar en el teatro, donde triunfó con la obra *Captain Kidd*, estrenada en 1910 por Seymour Hicks. A partir de ese momento, jamás le faltó trabajo y a menudo le ofrecieron papeles cómicos. Cuando no actuaba, tocaba al piano canciones propias disparatadas y era habitual verlo en teatros de variedades, pantomimas y vodeviles veraniegos. También pasó a ser un habitual del cine y, en la década de 1930, de la radio, para la que escribía historias dirigidas a un público infantil.

Su reputación como cómico no preparó a sus seguidores para un cambio repentino cuando —a partir de 1919— escribió una serie de historias de miedo que culminaron en la gran obra de guiñoles titulada *Ha-Ha!*

y representada en 1923. La obra, en la que se cuenta cómo una sesión espiritista acaba rematadamente mal, no fue aclamada por la crítica y Wright no repitió el experimento. Quizá por ello el resto de sus sobrecogedores relatos cayeron en el olvido. La mayoría de ellos aparecieron en *The Blue Magazine*, una revista de ficción mensual de corta tirada que publicó innumerables historias y misterios que se salían de lo habitual. El siguiente relato es uno de los primeros que escribió Wright, allá por 1919.

LA PALABRA PERDIDA

de Austin Philips

En la mansión que había a las afueras de la ciudad el primer ministro se encontraba a las puertas de la muerte y en la galería del telégrafo de Murcester nos encontrábamos nosotros, una decena de telegrafistas, a la espera de la noticia que nos llevara a contarle al mundo cómo había fallecido un alma borrascosa allí donde no mueren ni cortes, ni reyes ni gabinetes. Y mientras nosotros, entre la medianoche y el lento amanecer, esperábamos, con los ojos cansados, ociosos, la lluvia que acompañaba a la fuerte tormenta martilleaba enérgicamente el techo de cristal de la galería y eran constantes los relámpagos y los choques de las nubes, inmersas en una guerra tronadora.

Una llama azul chispeó en el periscopio de una sonda de corriente doble y las agujas de los instrumentos del circuito de la suboficina oscilaron al mismo tiempo y de repente, de manera que se quedaron en fila como compases, señalando cada una de ellas el mismo ángulo, no ya hacia el norte, sino hacia el nornoroeste. Entonces, la corriente eléctrica chisporroteó en las sondas y las luces murieron rápidamente, dejándonos a oscuras y consternados.

El viejo Shayler, que tenía ya el bigote y la barba grises y era el decano entre nosotros, se alejó de los instrumentos de un salto y llevó su silla hacia el espacio vacío que había en el centro de la galería.

—¡Apartaos, muchachos! —nos gritó—. ¡Apartaos de las sondas! ¡Yo, desde luego, no pienso correr ningún riesgo!

Se oyó, de pronto, el célere arrastre de sillas por el suelo de madera —el anciano había hecho lo que los demás habíamos sido demasiado cobardes de hacer—, y en cuestión de uno o dos segundos nos sentamos formando un corro a su alrededor, pegados unos a otros, presa del miedo. La tormenta llevaba desatada desde las ocho, y durante cuatro horas habíamos estado aterrorizándonos unos a otros con historias de crímenes y de miedo.

—¡Menuda noche! —comentó Wollen con voz entrecortada—. ¡En veinte años de servicio jamás había trabajado en una noche como esta!

Entonces, una vez más, reflejado en el techo de cristal, un relámpago iluminó la estancia como si bailara una especie de *Danza macabra* por el suelo de la galería. Las agujas de los instrumentos del circuito de la suboficina se pusieron a hacer piruetas antes de volver a su posición una vez más. Bastante después de que el destello hubiera pasado, los periscopios brillaron con retraso y las pesadas sondas se movieron como si les afectara una fuerza extraña que las llevaba a balbucear en un código desconocido por el ser humano acerca del misterioso poder que había sumido en aquel conflicto a los elementos.

Acerqué mi silla un poco más a la del compañero que tenía a la derecha y a la izquierda noté cómo Beechcroft temblaba y hacía lo mismo. Hasta en las mejores ocasiones era un pobre hombre, pero es que esa noche el pánico se había apoderado de él hasta el punto de que estaba fuera de sí.

—Yo sí que he vivido otra noche como esta —dijo el viejo Shayler—, la noche en la que Jacky Soames murió en Bromyard y saquearon la oficina. Ahora bien, no fue un rayo lo que lo mató. Los rayos pocas veces hacen daño a alguien que esté dentro de un edificio, o eso se dice. ¡Fue una persona la que mató a Jacky Soames!

Movimos las sillas de nuevo, los diez, hasta que nos sentamos, más apretados si cabe, atemorizados y ateridos de frío por mucho que fuera una noche de mediados de verano.

—¡Cuenta, Shayler, cuenta! —exclamé—. Cuéntanos lo que sucedió. ¿Dieron con el asesino?

Tres o cuatro voces se convirtieron en el eco de lo que yo había pedido, porque a todos nos pareció que aquella noche era mejor escuchar la voz de un ser humano que la de Dios. Uno o dos, no obstante, gritaron: «¡No!», pero eran minoría y, allí, sentado entre todos nosotros, el viejo Shayler se dispuso a contarnos la historia. Y como el trueno, clamoroso e insistente, aulló por encima de nosotros, bien alto y bien cerca, y sentí que Beechcroft temblaba a mi lado. Mi compañero, sin darse cuenta, me cogió por la muñeca y no me soltaba. Dejé que el pobre diablo permaneciera así porque, allí, a oscuras, alcanzaba a oír cómo le castañeteaban los dientes y la fuerza con la que respiraba.

El viejo Shayler se aclaró la garganta y empezó:

—Esta noche hace exactamente quince años que sucedió. A Jacky lo habían puesto a cargo de la oficina de Bromyard. En aquella época era una oficina muy pequeña que contaba con un único empleado. Jacky, en cualquier caso, estaba encantado de que así fuera. Acababa de tener una hija y a él le parecía que el ascenso estaba al caer, por lo que iba de aquí para allí cantando y silbando. El lugar, sin embargo, no tardó en quedársele pequeño. Recuerdo quedarme mirando cómo se marchaba de la estación de Murcester después de tomar un trago con él en la Old Dun Cow, ¡que ya por aquel entonces era la casa de la oficina postal!

—¿Fue aquella la última vez que lo viste? —le interrumpió el pequeño Teddy Saunders. Era muy joven aún, tan solo un muchacho, y no era capaz de dejar que el anciano contara la historia a su manera—. Es decir, ¿murió..., lo asesinaron esa misma noche?

El viejo Shayler frunció el ceño y se quedó callado, como si se hubiera quedado en blanco.

—¡Sigue! —le animó alguien—. ¡Y tú, Teddy, como vuelvas a interrumpirle, te juro que te conecto los cables!

El anciano, apaciguado en cierto modo, se aclaró la garganta de nuevo.

—Fue la última vez que lo vi, sí —respondió despacio—, pero no es lo último que supe de él. Era por la noche y yo estaba de servicio, y a eso de las once y media mantuvimos una conversación por la línea. Me contó lo solo que se sentía en aquella oficina y que la sensación de responsabilidad no le dejaba dormir, y yo hice un par de chistes para animarlo y le recomendé que se fuera a la cama, pero él insistió en que no podía dormir y prefería pasar la noche en la oficina. Como no había nada que hacer, me eché a dormir.

El viejo Shayler hizo una pausa.

—¿Alguien tiene un cigarrillo? —preguntó—. Esta historia me trae muchos recuerdos y me resultaría más sencillo contarla fumando.

Alguien se inclinó hacia delante buscando la mano del anciano y le puso un cigarrillo entre los dedos, que tanteaban el vacío. Shayler lo encendió y, con cada una de sus caladas, alcanzaba yo a ver las caras blancas que me rodeaban... y tuve la sensación de que la mía estaba aún más blanca que la de los demás. Nadie hablaba.

—A eso de medianoche —continuó el anciano— me desperté sobresaltado, con frío, temblando. Algo le pasaba a Jacky. No sabía el qué..., pero sabía que estaba en peligro. Tenía la sensación de haber estado soñando pero, como era incapaz de recordar mi sueño, me asaltó la idea de que aquello era real.

»Entonces, la aguja de Bromyard empezó a traquetear y aunque el envío era desigual, irregular, enseguida supe que era Jacky Soames... Habría reconocido su forma de tocar las teclas en cualquier parte.

—¿Qué decía? ¿¡Qué decía!? —preguntó Teddy Saunders fuera de sí.

En esta ocasión nadie lo reprendió por la interrupción porque daba la impresión de que todos hubiéramos querido preguntarle lo mismo al anciano, a pesar de que solo hubiera sido Teddy quien lo había verbalizado. Ni siquiera el viejo Shayler se mostró molesto; le había quedado claro que Teddy necesitaba soltar el miedo por la boca.

—Decía... —empezó a responder muy despacio—, decía: «Me está asesinando...».

Se quedó callado de golpe y le dio una calada al cigarrillo.

—¡Vamos! ¡Vamos! ¿¡Qué más decía!? —saltamos todos convertidos en clamor.

El viejo Shayler dio otra calada, larga, de manera que el resplandeciente tabaco, antes de sumirse una vez más en los tonos grises, iluminó con fuerza las caras que lo rodeaban.

—No decía nada más —musitó—. Yo, sin embargo, me acerqué a la comisaría más cercana, en aquellos tiempos no existía aún el teléfono, y cuando la tormenta menguó conseguí que el sargento condujera hasta Bromyard, dado que yo no podía seguir ausente de la oficina durante más tiempo. Cuando el sargento llegó, se encontró con el cadáver del pobre Jacky en el suelo, junto a un cesto de paquetes, y con la cabeza golpeada repetidas veces con un atizador. La caja fuerte estaba abierta y se habían llevado tanto el dinero como las cartas certificadas.

—Y ¿no había ninguna pista que indicara quién podía ser el asesino?

—Ni una sola, aunque hubo todo tipo de teorías. Incluso yo tenía una.

—¿Cuál era? —le preguntó Beechcroft, que seguía temblando. Era la primera vez que hablaba. La mano con la que se aferraba a mi muñeca no dejaba de sudarle.

—Sí, ¿cuál? —dije yo.

—¿Alguno de vosotros tiene otro cigarrillo? —Fue su respuesta, agravada por una completa ausencia de prisa en seguir contando la historia.

Le puse un paquete en la mano. Sacó un cigarrillo, lo encendió y, después de darle unas largas caladas, reanudó el relato:

—La policía creía que se trataba de un ladrón habilidoso porque la caja fuerte la habían abierto con una llave maestra, pero yo creo que fue uno de los colegas de Jacky...

—¡Por Dios! —exclamó alguien—. No querrás decir...

—Quiero decir que fue alguien que conocía a Jacky y a quien Jacky se alegró de ver. Al principio, cuando empezó la pelea, fue capaz de retener al bruto con una mano mientras con la otra me enviaba el mensaje, pero, luego, el ladrón debió de golpearle en la cabeza y dejarlo inconsciente, algo que sin duda no le costó mucho, dado que Jacky era bajito, como Teddy.

—Pero ¿para qué iba a matarlo si ya lo había dejado inconsciente?

—Eso es lo que me hace pensar que se trataba de alguien a quien Jacky conocía. Al fin y al cabo, los muertos no cuentan lo sucedido.

Hubo otro relámpago y nos iluminó una vez más. La lluvia se había convertido en granizo y el trueno hizo que el techo de cristal retumbara. Beechcroft tenía tanto miedo que parecía que estuviera al borde del colapso. Intenté que dejara de aferrarme la muñeca, pero no lo conseguí. Antes de que me diera tiempo a protestar, Teddy volvió a hablar:

—Entonces, ¿Jacky Soames murió antes de que llegara a telegrafiarte el nombre de su asesino? Por qué poco...

Por primera vez en toda la noche, el viejo Shayler respondió a una pregunta rápida y directamente:

—Yo creo que sí llegó a telegrafiarlo.

—¿Cómo es posible, si lo dejaron inconsciente... y, además, en ese caso, cómo es que no lo recibiste?

—¡Porque los cables estaban rotos! —respondió el anciano triunfante—. Un rayo había partido un árbol en la carretera de arriba y una de las ramas había arrancado los cables. Por eso no llegué a recibir el nombre.

—¡Y nunca lo recibirás! —gritó Beechcroft con su agudo tono de voz.

—No estoy tan seguro —le respondió Shayler—. El nombre lo envió, así que aún está flotando por ahí y algún día, antes o después, encontrará los cables ¡y nos comunicará el nombre del asesino!

Se quedó callado.

—¡Bueno, ya basta! —soltó Teddy Saunders—. ¡Me tienes con los pelos de punta y yo diría que la cosa está bastante clara!

—Pues yo diría que mañana a estas horas vamos a seguir aquí —comentó alguien desanimado—. Al primer ministro le está costando morirse.

Mientras el compañero pronunciaba aquellas palabras, uno de los instrumentos que había en una esquina alejada de la galería empezó a vibrar. «M.R.», «M.R.», «M.R.» cliqueaba en código morse. «M.R.» era el distintivo de Murcester.

—¡Ha muerto! —chilló Teddy Saunders—. ¡Nos llaman desde las Torres! ¡Pero ¿qué vamos a hacer sin luz?!

Me incliné hacia delante y presté toda mi atención.

—No, eso no viene de las Torres. El cable de las Torres está en el otro lado. Yo diría que es de Bromyard, ¡pero eso es imposible!

El viejo Shayler se puso en pie de un salto.

—¡Es Jacky Soames! —aulló—. ¡Reconocería su forma de teclear entre un millón!

Nadie dijo nada. Nadie se atrevió a moverse. Si dudábamos era porque no nos atrevíamos a creerlo. Las uñas de los dedos que me aferraban la muñeca se me clavaron hasta hacerme una herida.

«M.R.», «M.R.», «M.R.» tecleaban una y otra vez, tras lo que deletrearon una palabra.

—¡Por Dios! —gritó Shayler—. ¡Beechcroft!

Los dedos que se me clavaban en la muñeca se relajaron y Beechcroft cayó al suelo de bruces. El viejo Shayler había estado en lo cierto, la palabra había flotado en el vacío durante quince años, pero había acabado dando con los cables.

AUSTIN PHILIPS

Resulta sorprendente que a Austin Philips (1875-1947) lo hayan olvidado hasta tal punto. En su día fue un escritor prolífico y popular, dedicado en especial a los relatos y a la poesía, pero también escribió obras de teatro y novelas, y era conocido por la originalidad de su ficción y por sus observaciones sobre la vida social. Uno de sus relatos, *The Fourth Man* (1914), del que se hizo una exitosa obra de teatro de un solo acto, habla de los prejuicios y la moralidad de la sociedad antes de la Primera Guerra Mundial. Donde más destacó Philips es en los relatos, en especial en los de detectives; con el Servicio Postal británico como trasfondo, *The Man in the Night Mail Train* (1927), *The Unknown Goddess* (1929) y *The Real Thing* (1933) son novelas negras muy personales.

Philips escribía basándose en sus propias experiencias. Había acabado siendo jefe de una oficina postal —igual que su padre—, pero también participaba en el Departamento de Investigación del Servicio Postal, que cooperaba con el Servicio de Inteligencia británico a la hora de destacar correspondencia sospechosa. También formó parte del Servicio de Inspección Postal y llevó a cabo actuaciones especiales en Sudáfrica, por lo que vivió multitud de experiencias. En febrero de 1907, Philips se casó con Iris Bland, hija de Edith Nesbit. Philips había vendido unos cuantos poemas a otras tantas revistas, pero, luego, con los ánimos de Nesbit, se centró en los relatos y empezó a vendérselos regularmente a *The Strand Magazine*, que era, sin duda alguna, el mercado principal de Nesbit. Una de sus primeras ventas fue un artículo titulado «Crimen en la oficina postal». Muchos de sus primeros relatos tratan de investigaciones en el Servicio Postal de Su Majestad, incluidas varias historias sobrenaturales como la siguiente.

LA MUERTE FANTASMA

de Huan Mee

Curiosamente, el cuadro había fascinado a toda Europa.

En todas las capitales en las que había estado expuesto habían acudido a miles a verlo. Miles habían ido una y otra vez, provocados por una incomprensible atracción, impelidos en contra de sus propios deseos. Miles habían dicho las mismas palabras: «Lo he visto, pero ojalá no hubiera sido así. ¡Daría lo que fuera por no haberlo visto! ¡No me lo quito de la cabeza! Pero... ¡tienes que ir a verlo!».

Y a mí, que llevaba una vida itinerante por el continente, se me presentó una y otra vez la oportunidad de ir a la ciudad en la que el cuadro estaba atrayendo a las morbosas multitudes, en la que se había convertido en la sensación del momento; y yo, una y otra vez, fui a verlo, siempre como todos los demás, en contra de mi voluntad de presentarme ante el lienzo y beber profundamente de sus horrores, pero no de los que estaban representados en él, dado que el cuadro no podía considerarse espantoso; sencillamente, ejercía un control tan terrible y absorbente del pensamiento del espectador que hacía que la imaginación de este se disparara a la velocidad del rayo y conjurase... ¿qué? Quién sabe. Se marchaba uno de allí deseando que el destino hubiera guiado sus pasos hasta cualquier otro sitio, pero acababa volviendo al día siguiente.

Puede que no fuera el cuadro solamente el que ejercía este terrible dominio de los sentidos, dado que su presentación también aportaba cierta influencia magnética.

La ingenuidad mental había concebido la extraña idea de que el cuadro había que verlo en soledad y en un entorno fúnebre. Así, en solitario, los visitantes entraban en la estancia decorada con crepé, donde el cuadro, bien dispuesto en un marco de ébano pulido y protegido por una cuerda de seda negra, estaba iluminado con unas luces ocultas mientras que el resto de la estancia permanecía a oscuras.

La mente maestra que hubiera concebido la idea de ver la obra en soledad debía de ser la misma que había planeado lo del entorno tétrico. Al fin y al cabo, con una multitud ociosa alrededor, personas que no dejarían de opinar acerca del cuadro, es posible que este no se hubiera considerado muy diferente de cualquier otro, pero en la vida mortal de aquella estancia sombría, con un terrible silencio aferrándose a los cortinajes, se convirtió en la obra maestra más extraña del mundo.

El espectador entraba solo, con los nervios a flor de piel por la excitación contenida que producía pensar en lo que iba a suponer la visita; puede que con cierto cinismo, debido a la manera peculiar en la que el cuadro había afectado a otros —aunque los demás siempre son muy diferentes de uno mismo—; y luego salía, tan en silencio y con un aire tan espectral como la estancia en la que acababa de estar, y se sentía, como otros, curiosamente fascinado, atraído por el cuadro una y otra vez, hablando de él con asombro, negándose a describirlo pero diciéndoles a los demás: «¡Ve!».

Pero ¿de qué cuadro estoy hablando? De *Los últimos momentos de Yevan Lestoki*, que representaba el patio de una prisión rusa, con la nieve sacudida por el viento y unos sombríos centinelas al fondo, y a Yevan Lestoki viviendo los últimos latidos que su corazón iba a dar en su atormentada vida.

Y era el cerebro el que te decía —o parecía que te dijera—, con abominable intensidad, el infierno en que se había convertido su vida desde el momento en que había pisado aquel patio nevado.

Eran los sentidos de uno los que desentrañaban el pasado que no se mostraba allí y te contaban a gritos la historia del cuadro: que a Yevan lo habían sometido al potro, que lo habían torturado de acuerdo con las crueles órdenes de quien allí se encontraba envuelto en pieles. Torturado en vano, porque Yevan se había burlado de sus carceleros y los había provocado, reteniendo aquello que ellos intentaban obtener por la más cruel de las fuerzas, hasta que, al final, en ese patio, aquel que había concebido con ingenuidad demoníaca todo lo que el hombre había sufrido, en un paroxismo de ira bruta, cayó sobre Yevan y lo estranguló con el látigo de cuero que utilizaba para conducir.

Yevan se retorcía ante nuestros ojos, agonizando, y era la locura del pintor la que le confería a la víctima esa expresión de odio burlesco y a su asesino una mirada taciturna que transmitía un pánico agónico, con la boca medio abierta y los ojos dilatados como si estuviera viviendo la muerte de su víctima.

Fue en Londres donde vi el cuadro por última vez y quién sabe si no fui yo el último que lo vio, porque es bien sabido en el mundo del arte que la obra quedó destruida en el incendio de la Galería Mecklenburg la noche del 12 de marzo de 1888, el mismo día de mi visita.

Me senté y miré el lienzo, y, como siempre, el misterio del tema me cautivó el alma por completo. Y permanecí sentado y mirando hasta que sentí que no era un cuadro lo que estaba mirando, sino la mismísima realidad. El cuadro estaba vivo y era como si todas las figuras estuvieran vivas y se movieran y gozaran de su propio ser, e incluso la nieve caía sin piedad sobre los centinelas, dispuestos al fondo con su abrigo gris, e iba acumulándose cada vez más en el patio. Y entonces, de pronto, sentí como si, durante un segundo, mi corazón se detuviera. De pie junto a la cuerda de seda negra había un hombre que, absorto, como yo, contemplaba el cuadro.

Se trataba de un hombre envuelto en un largo abrigo de piel, un hombre con el mismo bigote y la misma mirada cruel y expresión malvada que el villano del cuadro, el gobernador de la fortaleza de Vyshnegradski. *El mismo hombre.*

Era un sinsentido, una ilusión, una locura, pero allí estaba y miraba a su colega, mientras la atmósfera de aquella especie de cámara mortuoria se volvía pesada y opresiva hasta el punto de congelarte el corazón.

Entonces, mientras lo miraba yo, se volvió y se me acercó.

—Una obra maravillosa —me dijo haciendo una ligera reverencia—. La he visto en muchas ocasiones y, aun así, sigue atrayéndome como un imán cada vez que estoy cerca.

—Maravillosa. —Me mostré de acuerdo porque no se podía decir otra cosa.

Se sentó a mi lado y una fría ráfaga de sentido común me invadió cuando el puño de marta cibelina de su abrigo me tocó la mano y me di cuenta de que se trataba de una persona real y no de un fantasma; aunque todavía hoy sigo quedándome perplejo cuando pienso en cómo es posible que estuviéramos los dos allí, contra lo estipulado por la galería.

Mis ojos buscaron el cuadro una vez más y este pareció cobrar aún más vida que hacía unos instantes. Ahora alcanzaba a ver cómo le latía el pecho a Yevan y la fuerza con la que el látigo le apretaba el cuello. Veía los blancos copos de nieve girando embravecidos por efecto del frío viento y sentía cómo este barría el patio helado.

—¿Fue usted el modelo de Yevan Lestoki? —me preguntó el desconocido tras volverse de pronto hacia mí.

—¿Yo?

—Sí, usted. Está claro que no puede ser una coincidencia. Si conoce usted sus rasgos faciales, tiene que estar viéndolos en los de ese pobre hombre que muere torturado..., ¡viéndolos como si tuviera delante un espejo!

Me puso una mano en el hombro y sentí como un cosquilleo, y mientras seguía su otra mano, que señalaba el cuadro y me fijaba en el moribundo que había en él, me quedé de un aire, me invadió un pánico que me heló el corazón, porque, tal y como acababa de decir aquel hombre, de pronto me vi —si bien nunca había sido así— reflejado en aquella cara.

—Es un parecido fascinante —musitó el desconocido.

—No más que el suyo con la otra figura —me obligué a decir, y acompañé la frase de una risa seca y corta.

El desconocido enarcó las cejas como si no entendiera a qué me refería.

—El gobernador de la prisión. —A pesar de mi voluntad de evitarlo, me temblaba la voz—. Es usted. —Señalé con el dedo su viva imagen igual que él había señalado la mía—. Es como si ambos hubiéramos vivido en el pasado de esa salvaje Rusia y nos encontráramos ahora en la calle Bond.

—Sí, ¡vivido y muerto!

Dicho esto, se puso de pie y se acercó al cuadro, apoyó ambas manos en la cuerda de seda negra y se quedó mirándolo largo rato.

—Vivido y muerto... —repitió y, tras encogerse de hombros como si nada, como cuando dejas a un lado algo que tienes en la cabeza, se volvió hacia mí y me habló con el tono frívolo que utilizan las personas de mundo:

—Es raro..., curioso, pero tiene que haber algo más. El destino nos ha unido y así tenemos que aceptarlo. —Luego, con un tono más ligero, continuó—: Esta noche va a cenar usted conmigo y vamos a celebrar esta magnífica coincidencia que ha entrelazado nuestras vidas.

Quería rechazar la oferta, pero no era capaz. Todo lo que este mundo me había dado: la esperanza, los objetivos, mis ambiciones ocultas..., todo, de buena gana lo habría sacrificado por la libertad, por la fuerza para negarme, por estar a kilómetros de donde estaba, de pie a su lado, frente al cuadro, pero mi corazón era como el agua y acepté.

Y entonces, mientras caminábamos bajo el sol de primavera, podría haberme reído de mi estupidez, podría haberme reído como se ríe uno cuando se siente aliviado al despertar de una pesadilla, igual que se reiría alguien de los caprichos distorsionados de una mente débil capaz de convertir en una escena sobrenatural la magnífica estructura y las proporciones atléticas de aquella persona que acababa de conocer y que caminaba a mi lado hablando de la última ópera bufa.

A los diez minutos me reía de lo que antes me había provocado un terror indefinido y bromeábamos con los escalofríos que nos había inducido a ambos. Así, cuando nos separamos, me sentía emocionado al pensar que había quedado para cenar con él esa noche.

Y aun así, una decena de veces antes de que llegara la hora convenida juré que no asistiría; una decena de veces intenté hacer a un lado la fascinación que me atraía hacia él. En un momento dado decidí que no iba a ir, pero resulta que, mientras me afianzaba en mi decisión, llegó él.

—¡Pasaba por aquí con mi berlina y...! —exclamó mientras me cogía la mano, pero yo di un paso atrás muy sorprendido porque no le había dicho en ningún momento dónde residía—. Ya perdonará usted mi intromisión, pero no sé si recuerda que me ha dado usted su tarjeta.

Aquello era mentira. Yo no le había dado ninguna tarjeta porque se me había olvidado cogerlas antes de salir.

—¿Por qué se ha quedado usted pasmado? —Acompañó la pregunta de una risita.

—Lo siento, pero no voy a poder acompañarle a cenar.

—¡Tonterías! —me soltó haciendo un gesto con las manos como para espantar mis palabras.

—Resulta que no me encuentro nada bien y no voy a ser una buena compañía. Tendrá que disculparme.

Me puso la mano en el hombro y la misma sensación escalofriante de antes me recorrió el rostro como si diera forma a una telaraña y se extendió rápidamente a las sienes.

—¡Venga, vístase, amigo! ¡No sea así! —insistió—. Le doy diez minutos. Voy a servirme un *whisky* con soda.

Y le obedecí.

¿Qué puedo decir de la cena? Nos sirvieron lo mejor que se puede servir en el mejor hotel de Londres.

Yo mismo dirigí la conversación hacia eso que, justamente, debería haber evitado y hablé de *Los últimos momentos de Yevan Lestoki*, de nuestro encuentro de esa tarde y del misterioso e inexplicable parecido que teníamos con los personajes principales del cuadro.

Por un momento pareció que mi anfitrión se sintiera inclinado a dejar pasar el tema y hablar de otras cosas, pero entonces noté que su rostro adoptaba los rasgos del terror y se levantó de súbito, tiró la silla hacia atrás y se retiró, como si temiera que fuera a atacarle. Pero aquello se le pasó como se pasa un espasmo y de nuevo me sonreía.

—¿Alguna vez ha...? —empezó a decir, pero se quedó callado y encendió un cigarrillo.

—¿Que si he qué?

—No, nada...

Y nos quedamos allí, sentados, mirándonos el uno al otro, hasta que el desconocido tuvo a bien hablar de nuevo, momento en que adoptó el papel de una persona obligada a expresarse contra su voluntad, de acuerdo con los dictados de un poder que controlaba sus labios, mientras que él tan solo daba voz a lo que, de otra manera, habría callado.

—¿Alguna vez ha oído la historia de la muerte de Yevan Lestoki?

—Jamás.

—Nadie en este mundo podría contarla, exceptuándome a mí o a quien, provocado por el mismísimo Satanás, plasmó la escena en el lienzo. La gente habla entre susurros de un extraño encantamiento cuando ve esas caras, grita: «¡Qué locura es el revertir esas expresiones!». Solo el pintor, fuera quien fuera, y yo sabemos que las cosas fueron tal y como él las representó.

Se recostó en la silla, como si hubiera acabado de hablar del tema, y siguió fumando plácidamente el cigarrillo, pero al cabo de un rato, como si de nuevo lo obligara alguien a hablar, se inclinó hacia delante, apoyó los codos en la mesa y me miró intensamente a los ojos.

—La historia, una historia muy antigua —continuó amargamente—, dice que Yevan Lestoki y su excelencia el conde Dalroukoff estaban enamorados de la misma mujer...

—El conde Dalroukoff...

—Se trata del gobernador.

—Pero si es un cuadro de una época pasada en la que se muestra una escena bárbara...

—En ocasiones, el alma de las personas perdura en el mundo de una época a otra, de manera que el destino, la suerte, decide resolver la situación. Deme otro cigarrillo y vayámonos de aquí, que me siento como si esta estancia fuera a asfixiarme.

Se levantó de golpe y, antes de que me diera tiempo a reaccionar, se sentó abruptamente de nuevo.

—¿De qué estábamos hablando?

—De Yevan Lestoki.

—¡Pues dejemos de hacerlo! —gritó llevado por un ataque de furia—. ¡Malditos sean Yevan Lestoki y todos los seres malvados como él! ¡Estoy cansado de esta estancia, de esta atmósfera sofocante! ¡Estoy cansado de la vida, de todo! ¡Vayámonos! —Inclinó la cabeza para mirarme e insistió—: Vayámonos.

Yo, sin embargo, era incapaz de moverme. Me sentía como si algo me estuviera agarrando con fuerza, sujetándome a mi asiento, por lo que permanecimos mirándonos el uno al otro, en silencio, y esperamos.

—Yevan Lestoki era un perro —musitó al cabo de un rato—. ¡Bah! Vayámonos. ¡He dicho que nos vayamos!

Pero siguió sin moverse, mientras que yo, que de buena gana me habría alejado de allí, no podía hacerlo.

—Yevan se casó con Olga, la mujer a la que amaba... —siguió el desconocido con tono funesto—, y el conde Dalroukoff juró ante las autoridades que su rival era traidor a Rusia y consiguió que lo arrestaran y lo encerraran en la fortaleza de Vyshnegradski, de la que era gobernador, y allí murió Yevan. Esa es la historia. Venga, vayámonos.

Era como si un niño repitiera la lección y esperase el resultado.

—¡Maldita sea, eso es todo! ¡Vayámonos!

—De acuerdo, vayámonos. —Y, con gran fuerza de voluntad, conseguí levantarme de la silla y me dirigí hacia él.

—¡Atrás, Yevan Lestoki! —me soltó mi anfitrión mientras cogía uno de los cuchillos que había en la mesa—. ¡Atrás o te aseguro que te mato!

—Está usted loco... —le repliqué sacudido por la aprensión e intentando tranquilizarme—. Loco. Se está usted dejando embargar por el enfado cuando el asunto que nos ocupa sucedió hace cien años.

—Exactamente hace cien años —respondió con aire triste—. Sucedió el 12 de marzo de 1788 y hoy vuelve a ser 12 de marzo. Siéntese y le contaré toda la historia.

—Bobadas. Vayámonos de aquí.

—¡Que se siente! —insistió furioso, y yo, sin saber muy bien qué hacía, le obedecí.

Se recostó en la silla y se agarró los brazos con tanta fuerza que parecía que se le fueran a salir los nudillos.

Tenía la cabeza ligeramente inclinada hacia un lado, los ojos entornados y el tono de su voz era como el de una persona que habla en trance.

—Los horrores y torturas que el conde Dalroukoff infligió a su rival en su fortaleza dejarían helada hasta al alma más filosófica del siglo XIX. Sin embargo, Yevan Lestoki soportó estas torturas con desdén y sus tormentos y heridas con mofas. Cuando lo sacaron de su miserable mazmorra y lo llevaron a rastras, casi desnudo, al patio nevado de la prisión a primera hora de la mañana, de nuevo volvió a mostrarse burlón y denigró al malvado Dalroukoff, riéndose de él después de cada latigazo que le daba con su *knut*. Se jactaba de que su muerte de nada iba a valer, porque Olga Lestoki estaba muerta. Según dijo, lo había visitado aquella mañana y le había asegurado que en cuestión de una hora sus almas se reunirían. «¡Mátame! —le pidió Yevan en un éxtasis pasional—, ¡mátame, encarnación del diablo y envíame así con la que es mi mujer!».

»Y Dalroukoff lo mató apenas pronunció su rival aquellas palabras, asfixiándolo con el látigo. Se lo enrolló alrededor del cuello y lo tensó hasta que las extremidades de su rival se estremecieron y murió.

»Estaba muerto, pero en cuanto su espíritu escapó, un espasmo convulsionó su cadáver, los ojos dejaron de estar vidriados y sus labios, deformados, recuperaron su aspecto natural. Con el látigo aún alrededor del cuello, pronunció la siguiente frase: "Tú, conde Dalroukoff, y yo, Yevan Lestoki, seguiremos viviendo en este mundo, embrujándolo, aunque pase una eternidad, y no dejaremos de hacerlo hasta que te haya matado yo, igual que me has asesinado tú a mí". Entonces, la tintineante alma se apagó y el cadáver, cubierto de heridas y moratones, cayó al suelo de las manos de su atormentador.

El desconocido acabó de hablar, abrió los ojos por completo poco a poco y me miró impasible.

—Y ¿cómo murió el conde Dalroukoff? —le pregunté presa de un escalofrío.

—Lo mataron en un duelo cinco años después.

—Vamos, que me ha contado usted una extraña historia que el tiempo ha demostrado que no es sino un disparate.

—Un completo disparate —convino él al tiempo que asentía.

—Un completo... —Me quedé callado de golpe y sentí un pinchazo de miedo. Una voz me chilló al oído: «¡Mátalo, Yevan! ¡Mátalo! ¡Mátalo, mátalo!». Me di cuenta de que estaba agarrando la mesa con muchísima fuerza, de que tenía las piernas retorcidas por debajo de la silla... y de que todo mi cuerpo ansiaba poner fin a la vida de la persona que se sentaba enfrente de mí.

El desconocido seguía con la cabeza ladeada y me miraba de reojo, como si él también estuviera escuchando la voz: «¡Mátalo, Yevan! ¡Mátalo!».

Fue espantoso, horrible. Me di un puñetazo en la rodilla con la intención de destruir la monotonía de aquel terrible silencio, un silencio interrumpido únicamente por la espantosa voz que me chillaba al oído.

¿Por qué no se movía él ni decía nada? Tararé los diferentes compases del estribillo de una ópera y no paré hasta que me dio la impresión de que la aterradora voz me había abandonado. ¡Había conseguido silenciar la voz!

—Venga, vayámonos —comenté, esforzándome por que mi tono de voz fuera alegre, si bien no era así como me sentía, y me puse de pie y di un paso hacia él, tras lo que me quedé como enraizado al suelo. Detrás de él colgaba una cortina... recogida con una cuerda de seda.

Ya no necesitaba ninguna voz insidiosa que me lo ordenara; iba a matarlo. Si conseguía llegar hasta la cuerda de seda, no me cabía duda de que aquel desconocido iba a morir.

Me quedé allí, de pie, durante lo que me parecieron horas y, después, en silencio, di un paso hacia delante. Y esperé. Y di un paso más. Y esperé. Y otro paso más, y llegué hasta la cuerda de seda.

Allí, de pie, oía su respiración y escuchaba, pero él no se movía. Poco a poco, con cuidado, tomé la cuerda, la empuñé y me acerqué a él muy despacio por la espalda.

Noté que temblaba ligeramente. Se volvió y me miró a los ojos. Entonces, cuando me pareció que abría la boca para hablar, le pasé la cuerda de seda alrededor del cuello y la tensé con mucha fuerza con un giro repentino.

Por un segundo, el desconocido elevó el rostro con la agonía dibujada en sus rasgos y me agarró ambas manos.

—Bien hecho, Yevan Lestoki —resolló, tras lo que apreté aún más la cuerda empleando para ello toda mi fuerza bruta y no paré hasta que cayó muerto sobre la silla.

Acto seguido lo liberé y me quedé mirándolo un instante, tras lo que pasó por mi cabeza como un destello todo lo que acababa de suceder. Volvía a estar en mis cabales... ¡y era un asesino! ¡En un ataque de locura homicida había matado al hombre cuya hospitalidad había aceptado!

Me dejé caer en una silla y miré aterrorizado a mi víctima, que yacía desmadejada en su silla. Miré la cuerda de seda, que había tirado sobre la alfombra.

¡Me había vuelto loco! Durante todos estos años había permanecido durmiente mi locura y esa noche había estallado. Me acerqué en silencio a la puerta y me quedé escuchando. No se oía nada. La cerré con llave y regresé a la mesa y me quedé junto a la víctima, pero no pensando en ella, sino en cómo escapar. Y en mitad de todo aquello, como un espejo borroso, vino a mí el cuadro, *Los últimos momentos de Yevan Lestoki*, las figuras centrales, la nieve, los centinelas envueltos en sombras...

Le toqué la mejilla. Estaba ya fría como el hielo. Antes o después iban a descubrirme y lo único en lo que yo era capaz de pensar era en lo raro que se me hacía que lo hubiera asesinado.

Lo que tenía que hacer era escapar. Su abrigo de piel estaba en el diván. Me lo pondría y escaparía del hotel. Aunque... ¿para qué? Bastaba con que me marchara de allí; nunca nadie lo sabría.

Me puse mi abrigo y, después, levanté el mantel, cogí al desconocido por las axilas y lo metí debajo de la mesa y bajé de nuevo el mantel.

Yo ya estaría muy lejos cuando lo descubrieran, así que, con una sonrisa de satisfacción maliciosa, salí al pasillo, cerré la puerta con la llave y me la guardé en el bolsillo.

Un camarero subía por las escaleras. Me detuve hasta que llegó a mi altura y, entonces, algo me llevó a hablar. No pude resistirme.

—He asesinado a un hombre en esa habitación. Está muerto. Lo he escondido debajo de la mesa.

La bandeja que llevaba en las manos se le cayó al suelo con estrépito.

—¿Cómo dice, señor?

—He asesinado al hombre con el que estaba cenando. Lo he estrangulado.

—No, señor, eso no es posible.

—Entre conmigo y lo verá —le dije, impelido por una fuerza externa. Abrí la puerta con la llave, entré y él me siguió—. He utilizado esa cuerda —comenté calmado, señalando la cuerda de seda que había sobre la alfombra—. El cadáver está debajo de la mesa. Compruébelo usted mismo.

—No me atrevo... —respondió mientras retrocedía hacia la puerta.

—¡Será usted cobarde! ¡Ya no puede hacerle nada! —grité presa de la ira—. ¡Mire! —Y cogí el mantel y lo levanté sobre la mesa—. ¡Mire, atontado, y vaya a contar que soy un asesino y que estoy aquí esperando!

El camarero miró debajo de la mesa y suspiró aliviado.

—¡Por amor de Dios, señor, me ha dado usted un susto de muerte! ¡No está bien gastar bromas así! —Se secó el sudor del rostro con un pañuelo y se sirvió una copita de brandi.

Entonces decidí mirar yo también debajo de la mesa y resultó... que allí no había nada.

Yo había escondido allí el cadáver y por la puerta era imposible que hubiera escapado. Miré automáticamente el diván en el que estaban el sombrero y el abrigo del desconocido. Estaba vacío.

—No está bien, señor. ¡Nada bien! —insistió el camarero al tiempo que llenaba una vez más la copa de brandi—. No lo está, no. Es usted un gran actor y, por un momento, me he creído que realmente lo había hecho.

—¡Y es que lo he hecho, tonto de las narices! —le grité temblando y me dejé caer en una de las sillas.

—¿Quiere que le pida un taxi, señor?

—No, vaya usted a llamar al director.

El camarero se fue y yo me acerqué a la mesa y me metí debajo. Pasé las manos por la alfombra, convencido de que tenía que estar padeciendo una horrible ilusión y de que el cadáver seguía allí, a pesar de que fuera incapaz de verlo. Perplejo, volví a la silla y me cogí la cabeza con las manos, que me temblaban con fuerza.

¿Dónde estaba? ¿Quién era? ¿A quién había asesinado?

Al rato volvió el camarero acompañado del director y ambos me miraban como si temieran tener que tratar con un demente. En la puerta se había quedado el portero del hotel.

—El camarero me ha contado lo de su alucinación —dijo el director haciendo hincapié en la última palabra—, pero puedo asegurarle que está usted equivocado. Hace cinco años que conozco al conde Dalroukoff y...

—¡Por todos los santos...! ¿Era así como se llamaba?

—El conde Nicholas Dalroukoff, sí. Era un visitante habitual, casi un amigo.

—Pues lo he asesinado...

—Se lo aseguro, está equivocado —insistió en voz baja—. No hace ni diez minutos que ha venido a mi despacho, ha pagado la cuenta del tiempo que se ha alojado en el hotel y con mis propios ojos le he visto marcharse en una calesa.

—¿Sería usted capaz de jurar lo que acaba de decir?

—Por supuesto. Y no crea que no me apena su partida. Es una persona a la que tengo en gran estima y siento mucho que nos haya dejado para siempre.

—¿Para siempre?

—Sí, por desgracia. Sus últimas palabras han sido: «Buenas noches y hasta siempre, porque jamás volveremos a vernos».

HUAN MEE

D esde 1894 y casi durante veinte años, Huan Mee apareció en muchas de las revistas de ficción más populares, a menudo con relatos que hablaban de lo más estrambótico e inusual. También escribió varias novelas, incluidas *A Diplomatic Woman* (1900) y *The Jewel of Death* (1902). Aquellos que lean la prensa teatral sabrán que Huan Mee era el seudónimo que utilizaban dos hermanos —Charles y Walter Mansfield—, y lo sabemos porque declararon su identidad en una carta en la que hablaban del posible plagio de uno de sus libretos. Ambos hermanos eran periodistas y, aunque Charles (1864-1930) también escribió ficción con su propio nombre, Walter (1870-1916) solo escribió como Huan Mee. Charles se pasó a la ficción cuando se cansó de los reportajes financieros, que es por lo que gran parte de su material es escapista, épico. Huan Mee se volvió tan popular que Charles siguió utilizando el seudónimo para sus ficciones después de la muerte de su hermano en 1916. Juntos escribieron decenas de historias y la siguiente es un claro ejemplo de las más imaginativas.

EL ALMA DE MADDALINA TONELLI

de James Barr

A decir verdad, la euforia de Herman Yorke era excusable. Que lo hubieran elegido para ser el primer violín de la Sociedad Orquestal de Aficionados no era un honor que recayera sobre muchos de los amantes del violín y la alegría que sentía Yorke estaba a la altura de tamaña distinción. Su afición, posible gracias a sus abundantes recursos, consistía en adquirir violines aquí y allí; tocarlos era su religión. En sus veintiséis años de vida había reunido exactamente cincuenta y dos violines. Muchos de ellos los había visto en el escaparate de diferentes casas de empeño, unos cuantos en tiendas de segunda mano, tres los había comprado de primera mano y cinco se los habían regalado otros tantos admiradores por su excelente manera de tocar. Herman Yorke amaba cada uno de estos violines, cuidaba de todos ellos con esmero, los guardaba todos envueltos en un paño blanco de seda y los iba tocando sin olvidarse de ninguno para que la existencia no le resultase aburrida ni siquiera al menos dotado de ellos. Los mantenía limpios del polvo de la resina, alejados de la humedad y, en definitiva, fuera de todo peligro.

Herman Yorke los quería a todos con todo su corazón. Para él eran niños de rostro angelical y voz dulce que respetaban su estado de ánimo, lo modulaban y lo reflejaban dependiendo de la ocasión.

La cuestión es —pero así son las cosas— que incluso entre sus propios hijos tiene una persona preferencias. Uno de ellos, por algún motivo, por sutil que sea, y se trate de algo físico, mental, emocional o espiritual, es el preferido por encima de los demás a pesar de que corra por sus venas la misma sangre, tengan todos el mismo deseo por agradar y sientan igual —y a menudo más que igual— deseo de que los amen. Como sucede con muchos padres, Herman Yorke se esforzaba por mantener su imparcialidad en lo que respectaba a su familia de violines. No obstante, y a pesar de todo, había uno que le había llegado un poco más hondo al corazón y lo cuidaba incluso mejor que a cualquiera de los demás.

Este violín lo había encontrado en una tienda de empeños camino de la carretera de Ratcliff, y en sus profundidades, en un papelito manchado por el paso del tiempo, estaba escrito el mágico nombre «Stradivarius». Cuarenta y ocho de los otros tenían papelitos similares, y los lutieres acreditados estaban divididos casi por igual entre Stradivarius, Amati, Stainer y Montagnana. Está claro que solamente los necios o aquellos que no tienen ni idea de violines prestarían la más mínima atención a estas etiquetas; de hecho, hablaba muy bien de Herman Yorke que fuera tan abierto de mente como para negarse a que lo irritara tamaña desfacha-tez. Herman Yorke había comprado el violín y, a medida que pasaba el tiempo, había cogido el hábito de llamarlo «Stradivarius».

Tanto por su tono como por su timbre se trataba de un instrumento glorioso, pero la cuestión es que carecía de esa inefable grandeza, de esa magia de los magnífi-cos Stradivarius. Igual que la forma de tocar de Herman Yorke, que no alcanzaba lo superlativo. Sin embargo, la Sociedad Orquestal de Aficionados se complacía de haber obtenido dos reclutas como Herman Yorke y su «Stradivarius» —porque fue el «Strad» el violín que Yorke eligió para su primera aparición en el Queen's Hall.

Los Aficionados daban cinco conciertos al año, en los que el Queen's Hall se llenaba de los miembros y los invitados de la alta sociedad. Herman Yorke debutó en el primer concierto después de Navidad y, aunque se trataba de una reunión informal en la que se permi-tía fumar, como se celebraba en el aniversario del naci-miento del distinguido Mendelssohn y las mujeres su-peraban por mucho a los hombres entre la audiencia, esa noche había mucha más música del compositor que humo en el auditorio. Yorke temía el miedo escénico, pero cuando se sentó en su silla, al borde del escenario, cerca del patio de butacas, ni siquiera tembló.

Muchos criminales, que han pasado largas horas pa-deciendo un miedo abyecto, caminan sin miedo hacia el cadalso; muchas personas son capaces de dormir profundamente cuando el desastre ha pasado y a pesar de que el miedo las haya tenido noches y más noches dando vueltas en la cama. Y de eso es de lo que Herman Yorke se dio cuenta cuando se sentó y punteó las cuerdas para afinar su instrumento; de pronto ya no sentía nervios, tenía la cabeza fría, la vista clara y los dedos ágiles durante esos momentos en los que la batuta del director iba indicándole que se preparara.

Tocó la sinfonía tan correctamente como si estuviera en la sala de música de su propia casa, en Primrose Hill. Y cuando la sinfonía acabó y se recostó en la silla, cerró los ojos para flotar, recordando, en esa nube de etérea y delirante felicidad que experimenta el entusiasta que ha tomado parte en una sinfonía exquisitamente bien tocada. Tan deleitado estaba que se olvidó de mirar a Esther Burnaby, que, dada la austeridad de su sangre normanda y sus riquezas del siglo xx, se sentaba arrogantemente en el patio de butacas. A la muchacha no le pasó desapercibido el olvido, pero poco le importaba, dado que consideraba a Herman Yorke un pobre hombre, por mucho que llevara puesto el anillo de pedida que le había dado el violinista. A decir verdad, disfrutó de este olvido, si es que «disfrutar» no es un término demasiado intenso como para utilizarlo en relación con una persona tan fría y aburrida como Esther Burnaby.

Fue poco después del comienzo de *La gruta de Fingal*, una obertura de Mendelssohn, cuando Herman Yorke empezó a tener una sensación extraña. Por primera vez en toda la noche sentía unos ojos que se clavaban en él. ¿Acaso iba a asaltarle ahora el miedo escénico, cuando se sentía bien lejos del peligro de tal desastre? ¡No, ni mucho menos! Sabía que estaba tocando mejor que nunca y que se había ganado la confianza del director y, a pesar de ello, un miedo repentino cayó sobre él. Mientras tocaba, las sienes empezaron a arderle como si dos ojos —¡o doscientos!— estuvieran concentrados en él y esa concentración se estuviera convirtiendo en una llama. Se mordió el labio inferior con fuerza y parpadeó rápidamente para despejar la niebla de su cerebro. Ansiaba una pausa que le permitiera levantar la vista.

Y por fin llegó.

Herman Yorke apoyó la cejilla del violín en la rodilla izquierda y giró el rostro hacia la audiencia. Fue mirando las caras de las personas, rápido, como el baile de una mariposa zafiro en las cabezas de maíz maduro y, entonces, de pronto, se quedó paralizado. Sus ojos se detuvieron en los de una joven que parecía que estuviera observándole el alma.

Para cuando se le pasó por la cabeza apartar la vista, Herman Yorke llevaba mirando aquellos ojos más tiempo del que debería y así, cuando tuvo que recuperar el compás, se vio obligado a realizar un titánico esfuerzo mental para volver al violín. Durante el tiempo que tocó sintió esos ojos clavados en él fijamente, sin moverse, hasta que el efecto a punto estuvo de causarle dolor físico.

¡Y es que menuda muchacha! Tenía el pelo negro como la medianoche de Oriente; los ojos le brillaban, luminosos, como un mar fosforescente; tenía los labios carnosos, lujuriosos; y las mejillas redondas y del cálido color de la tierra roja... Era un ser al que habían animado las pasiones y las emociones de un clima donde arde el sol y crecen exquisitas uvas, donde cada flor resulta embriagante y donde el aleteo de una mariposa es una jarana, donde la vida es tempestuosa y la muerte una orgía.

¿Qué grotesco viento de fantasía había arrastrado hasta allí, hasta el pardo Londres, a aquella apasionada criatura de rasgos sobresalientes? Y ¿por qué... por qué lo estaba analizando de esa manera? En su mirada había leído Herman Yorke un mundo de significado, pero ¿cuál era ese significado? Porque él no se creía capaz de descifrarlo. Era como si la mirada de ella lo envolviera en fuego y prendiera los deseos que albergaba en su cerebro. Herman Yorke era incapaz de resolver el misterio, así que decidió no volver a mirar en dirección a la fascinante criatura, a pesar de que el deseo de resolver el significado de esa mirada amenazara constantemente con dominarlo.

Herman Yorke siguió tocando y, en un momento dado, llegó el descanso. Entonces levantó la vista. Sí, la muchacha seguía mirándolo sin parar. Nunca había tenido que soportar una mirada así, tan llena de deseo, de súplica, tan implorante. Nunca había hablado una mirada con tanto fervor del deseo desesperado por llamar la atención. Con voz clara lo llamaba para que la escuchara. Una vez más necesitó Herman Yorke toda su fuerza de voluntad para apartar la vista.

«¡Qué descaro en una muchacha! —empezó a pensar, pero cambió de opinión—. No, no es descaro. En esa mirada hay algo mucho más profundo que mero descaro. ¿Cómo puedo descubrir lo que es? Pero no debe seguir mirándome de manera tan osada o atraerá una atención no deseada sobre sí misma... y sobre mí. Voy a ir a ver a Esther Burnaby y, si está en mi mano, actuaré de tal manera que convenceré a esa desconocida del sur de que soy mi propio señor».

Del escenario rodeado de flores, Herman Yorke bajó al patio de butacas. Esther Burnaby lo recibió con su acostumbrada e insulsa actitud de superioridad, pero Yorke fue todo galantería y atención; y cuando creyó que había dejado bien claro a la muchacha cuál era su relación con aquella otra joven, el violinista volvió a mirar a la sureña. La butaca estaba vacía. Miró a uno y otro lado. Veía gente muy bien vestida ya fuera en grupo, en pareja o en solitario, pero no vio por ningún lado a la muchacha del pelo del color del cuervo y la reluciente e inquietante mirada.

El descanso terminó y Herman Yorke, que había vuelto a su sitio, observó la batuta levantada y el asiento de la quinta fila del patio de butacas vacío. El primer violinista se sumergió en la *Canción de primavera* de Mendelssohn y, enseguida, volvió a sentir un dolor en la frente que lo llevó a contraer las cejas. Debía de ser que la muchacha no se había ido, y no solo eso... ¡sino que luchaba por atraer su atención! De acuerdo, pues tenía intención de decepcionarla. Herman Yorke tocó la *Canción de primavera* y *La boda de las abejas* sin permitir que su mirada bajara al patio de butacas y, de hecho, hasta que se puso de pie para tocar el himno nacional no se permitió lanzar una miradita. La muchacha estaba llorando. Sí, no solo alcanzaba a ver el brillo de las lágrimas, sino que su rostro expresaba una inefable tristeza. Lo más extraño de todo, no obstante, fue que, cuando la miró, esta levantó la mano izquierda con la palma hacia arriba y los dedos como si estuviera sujetando un violín y, entonces, adelantó la mano derecha y, aparentemente, apretó la clavija del mi de su instrumento imaginario. Con atención, Herman Yorke escuchó... y le satisfizo la afinación de la cuerda. ¿Qué intentaba decirle la muchacha?

«Está loca, no hay duda. ¿Por qué habré tenido la mala suerte de que haya decidido fijar en mí su atención? Por todos los santos, espero que Esther Burnaby no se haya dado cuenta, de lo contrario... ¡menuda escenita me espera!».

El joven guardó su «Stradivarius» en el estuche con el mismo cuidado de siempre y, entonces, se giró para ver cómo el público se dirigía a las puertas. No alcanzó a distinguir a la muchacha del pelo negro. No le cabía duda de que allí estaría, atropellada por la multitud, pero era incapaz de dar con ella.

En muchas ocasiones durante las semanas que transcurrieron entre el primer concierto y el segundo, Herman Yorke pensó en la muchacha que lo había molestado, hechizado y desconcertado al mismo tiempo. Se preguntó quién sería, si ella también tocaría el violín y, sobre todo, a qué vendrían los gestos que le había hecho. Había veces en las que pensaba que había criticado su manera de sujetar el instrumento y otras en las que le daba la impresión de que la muchacha consideraba que estaba desafinado. ¿Con qué derecho interfería? ¿Quién se creía para hacerle señas y quedárselo mirando?

Siempre, en los ensayos semanales —esos deliciosos brotes que, con el tiempo, conducían a una floración total de la planta, el concierto—, había presentes numerosos invitados y, cada una de esas noches, Herman Yorke buscó ávidamente a la muchacha. Jamás asistió.

Así llegó la noche del Concierto de Primavera. Herman Yorke fue el primer músico en ocupar su lugar en el escenario y observó cómo el público iba llegando a sus asientos y, dado que estaba compuesto por amigos y conocidos, se estrechaban la mano y mantenían charlas animadas. Apáticamente, el primer violinista atendió a la caleidoscópica mezcla de átomos y, apagado, se preguntó si aparecería la extraña desconocida. Esa noche no estaba nervioso por su presencia, dado que Esther Burnaby había decidido quedarse a jugar al *whist* en vez de asistir al Queen's Hall. Tal para cual.

En un primer momento, la orquesta se zambulló en

la pieza *Escenas de ballet* de Glazunov y, a los pocos segundos de empezar a mover el arco, Herman Yorke se dio cuenta de que una vez más tenía aquellos ojos fijos en él. En cuanto pudo lanzó una mirada furtiva por el auditorio y allí, igual que la vez anterior, en la quinta fila, estaba sentada la muchacha del pelo del color de los cuervos. En esta ocasión parecía estar un poco más pálida y un poco más delgada, pero sus ojos eran igual de grandes y su mirada igual de intencionada que la primera noche en que la había visto. Apenas la miró unos instantes, pero en ese breve momento a la muchacha le dio tiempo a toquetear una clavija imaginaria de un violín imaginario. Estaba claro que eso era lo que hacía. Y cada vez que la miraba, ella hacía el mismo movimiento.

Cuando acabaron de tocar la pieza y el aplauso se apagó, Herman Yorke apoyó el violín en la rodilla y cogió la clavija del mi y miró a la muchacha, cuyo rostro se iluminó con una sonrisa radiante. La muchacha enarcó aquellas cejas negras suyas y asintió en tres ocasiones. Luego puso el pulgar y el índice de la mano derecha como si ella también estuviera sujetando una clavija y pegó un tironcillo rápido.

Herman Yorke miró la clavija, pero no veía nada raro en ella. La examinó con mucha atención: era una clavija..., ¡la compañera de las otras tres! ¿Era la clavija lo que la preocupaba? Para asegurarse, tocó el cordal.

La muchacha negó enérgicamente con la cabeza.

Por miedo a que acabara llamando la atención, Herman Yorke deseó que la muchacha no fuera tan expresiva. Se alegró de que, por lo que parecía, nadie se hubiera fijado aún en ellos.

Toco el puente.

La muchacha negó con la cabeza.

Toco el diapasón.

La muchacha negó con la cabeza.

Tocó la clavija del re.

La muchacha frunció el ceño y negó con la cabeza.

Tocó la clavija del mi.

La muchacha sonrió y asintió vigorosamente.

«Sea lo que sea que le sucede... tiene que ver con esta bendita clavija y, por mucho que me gustaría seguir con este teatrillo, me da miedo que alguien se dé cuenta. Durante el descanso me atreveré a acercarme a ella y le pediré que me lo explique, pero hasta el descanso no pienso volver a mirarla».

Cuando llegó el descanso, Herman Yorke buscó a la muchacha con la mirada e intentó transmitirle que quería hablar con ella. Acto seguido, bajó rápidamente del escenario y fue al auditorio, pero la muchacha no estaba por ningún lado.

«¡Maldita sea, ¿por qué se ha marchado?! Tiene que ser consciente de que sus señales han despertado mi curiosidad pero que soy incapaz de interpretarlas a menos que me diga de viva voz a qué se refiere, ¡pero ha huido! ¡No pienso volver a prestar atención a su espectáculo de pantomima!».

Sin embargo, no tardó en romper su promesa. Herman Yorke se había fijado en que su amigo Tomson estaba sentado en la misma fila, a cuatro butacas de la muchacha, y Tomson era de esos a los que una chica guapa nunca les pasa desapercibida. Seguro que se había fijado en aquellos ojos grandes y oscuros.

—Oye, Tomson —empezó Yorke como el que no quiere la cosa—, hay una joven especialmente guapa sentada a cuatro butacas de ti. ¿La conoces de algo?

—¡Tú no tienes derecho a fijarte en las chicas guapas, Herman! ¡Tú has venido a tocar el violín! —respondió Tomson jocosamente.

—A veces soy capaz de hacer más cosas aparte de tocar el violín y yo diría que en ciertas ocasiones he de tener la libertad de mirar a mi alrededor, ¿no te parece?

—Pues no me ha parecido que en mi fila haya ninguna chica guapa... —ahora hablaba en serio—. ¿Cuatro butacas más allá dices que está? Porque a mí me ha parecido que esa butaca está vacía.

—¡Ja, vacía! —exclamó Yorke entre risas—. ¡Ja! No lo está, no. Ni mucho menos. Cuando empecemos a tocar de nuevo, quiero que te fijes bien, a ver si está vacía.

—Pues voy a tener que ponerme gafas. ¡Que me aspen si he visto a una muchacha! ¡Ojalá!

—Aún hay esperanza para ti. Cuando vuelva, fíjate bien en ella. Ya te contaré por qué.

—Haya o no haya razones, no te quepa duda de que voy a fijarme, ¡tunante!

—¡No digas bobadas! —respondió Yorke entre risas, alejándose y saludando a otros conocidos.

En cuanto Herman Yorke empezó a tocar de nuevo, volvió a sentir los ojos de la muchacha clavados en él. Yorke miró a Tomson inquisitivo. Tomson lo miraba a él inexpresivo. Delicadamente, Yorke señaló con la cabeza hacia la muchacha. Deliberadamente, Tomson volvió la cabeza y se quedó mirando, y deliberadamente miró a Yorke inexpresivo y negó con la cabeza. Al primer violín lo recorrió un escalofrío espeluznante. La muchacha estaba allí y no dejaba de toquetear una clavija imaginaria. Herman Yorke tocaba inquieto.

La sinfonía terminó y la siguiente pieza resultó ser una canción. Sin ostentación, el primer violín se levantó y le hizo una señal a Tomson hacia la entrada de los artistas.

—¿La conoces? —le preguntó ansioso.

—¿Conocerla? —respondió Tomson—, sí, claro, tan bien como el que más, porque en el asiento que me has dicho no hay ni mujer, ni hombre ni cosa. ¡Así de bien la conozco!

—Venga, buen amigo, déjate de bromas, que me tiene desconcertado, y yo diría que, de hecho, lo hace a propósito. ¿La conoces?

—Yorke, estás nervioso y estás teniendo visiones, porque te juro por mi alma que no hay nadie sentado cuatro butacas a mi derecha. Porque esa es la butaca a la que te refieres, ¿no?

—En efecto, esa es.

—Pues está vacía.

—¡Eso es que estás ciego! Se trata de una muchacha con el pelo de color negro azabache y los ojos oscuros...

—Déjate de descripciones o, ya puestos, sé original y di que tiene los ojos rojos y el pelo verde. Si hay una joven en esa butaca, te juro que está hecha de carne invisible, ¡que es una joven de telegrafía sin cables, que no interrumpe la visión!

Herman Yorke se llevó la mano a la frente. Tomson se compadecía de él.

—Cuando acabe el descanso, volveré a mi butaca y tú a tu silla y, si todavía la ves y no te has equivocado al indicarme dónde está sentada, asiente con la cabeza y yo me esforzaré por verla, ¡aunque tenga que pedir prestado un microscopio! Porque estás hablando en serio, ¿no?

—¡Jamás había hablado tan en serio! El asunto ha llegado ya tan lejos que quiero que llegue aún más allá. ¡De hecho, quiero que llegue hasta el final!

Herman Yorke no tardó en volver a su sitio. La muchacha seguía en su butaca, devorándolo con la mirada. Tomson estaba al final de la fila cuando vio asentir a su amigo, momento en que se acercó a la butaca indicada y se sentó en ella. Como por arte de magia, la muchacha reapareció en la butaca que hasta entonces había ocupado Tomson. Tomson levantó las cejas como diciendo: «¿Lo ves, viejo amigo?, aquí no hay ninguna chica guapa. ¡Mala suerte!».

Una ráfaga de miedo recorrió a Herman Yorke. La muchacha no era sino una visión que estaba teniendo. No cabía duda de que Tomson, que era muy observador, no la había visto, pero es que allí estaba..., sentada..., con mirada ansiosa, impaciente..., ¡implorante! ¡Y con qué feroz energía sacaba la clavija imaginaria del violín fantasma! A medida que pasaba el tiempo, su mirada se volvía más y más sombría hasta que transmitió una idea tan clara como si se la estuviera comunicando con palabras: «Niégate, sí, ¡pero atente a las consecuencias!».

—¿Te he convencido de que allí no había nadie? —le preguntó Tomson cuando acabó el concierto.

—Sí, me has convencido —respondió Yorke con ambigüedad diplomática.

Esa noche Herman Yorke se sentó en su sala de música mirando su «Stradivarius» con el ceño fruncido. Era consciente de que algo tenía que hacer, lo que fuera, si no quería acabar enfermando de los nervios. Desde luego, su alma le decía que no volviera a tocar el «Stradivarius». ¡Condenada clavija del mi! ¡¿Qué pasaba con ella!? La sacó y la sustituyó por una de las de su segundo violín preferido y, en cuanto atacó las cuerdas con el arco, ¡qué cambio tan sustancial!

Las notas sonaban claras como tocadas por una campana..., exultantes, triunfantes, como si se sintieran jubilosas por haberse liberado de algo que las había estado entumeciendo durante años. Del violín salían notas seráficas, notas con un timbre evocador e indescriptible. Al principio, a Herman Yorke casi le daba miedo seguir tocando, pero acabó perdiéndose en la magia de aquella música, una música incomparable, trascendente. Más de una hora estuvo tocando, con los rasgos contraídos como si aquel esplendor resultara doloroso. Entonces, despacio, se sentó en la silla, apoyó los brazos en la mesa y, sin dejar de mirar el violín, se echó a llorar por la tensión.

¡Era un Stradivarius, un Stradivarius de verdad! La propia alma del instrumento acababa de proclamar la realidad de su nacimiento. Y en el suelo, donde sus histéricas manos la habían tirado, yacía la espuria clavija que había vulgarizado los tonos. Herman Yorke colmó de alabanzas a la extraña muchacha del pelo y los ojos oscuros. Muchacha... ¡o fantasma! ¿Qué sería de los dos? Lo cierto es que le daba igual. Tenía más que suficiente con que le hubiera descubierto el alma del Stradivarius.

El paroxismo de sorpresa y felicidad terminó y Herman Yorke se puso el violín bajo la barbilla para tocar una última pieza antes de irse a dormir. Entonces sucedió un desastre que a punto estuvo de poner fin al violín. Yorke pisó la clavija descartada, que rodó y lo hizo resbalar y, de no ser porque prefirió que fuera su cabeza la que se golpeara con fuerza contra la pared, nada habría salvado el preciado violín.

Terriblemente enfadado, el joven pisó con fuerza

la clavija que, molesta por su destronamiento, a punto había estado de destruir el Stradivarius. Cuando Herman Yorke levantó el talón vio que en el suelo quedaban unos fragmentos de madera y que, entre ellos, había un núcleo que no se había hecho trizas. Se agachó y recogió un pequeño cilindro metálico.

Ahí estaba el elemento extraño que había hecho que aquel violín soberbio sonase como si fuera de segunda clase. Ahora bien, ¿cómo había llegado algo así al interior de una clavija? Dudaba mucho que Stradivari hubiera estropeado sus obras de arte insertando en las clavijas cilindros de metal. Esta clavija debía de haberla sustituido por la original más tarde algún inepto.

Herman Yorke tenía el cilindro entre el pulgar y el índice y lo examinaba detenidamente. Lo primero que le llamó la atención fue su insignificante peso. Luego, de repente, se dio cuenta de que tenía una tapa en uno de los lados. En un instante se la había quitado y sacudió el cilindro en su palma, sobre la que cayó un rollito de papel. Con ayuda de una lupa y traduciendo del latín, leyó lo siguiente:

Para que el alma de Maddalina Tonelli descanse en paz, ¡lea!

Para que la injusticia no sea eterna, ¡obedezca!

Este Stradivarius era propiedad del *signor* Umberto Canini, maestro violinista de Verona. En su lecho de muerte, en Roma, me lo confió a mí, Maddalina Tonelli, su alumna, para que se lo entregara a su única hija, la *signorina* Carina Canini, pero la tentación fue muy grande. Mi pasión por este violín es tal que no pienso cumplir mi promesa hasta que sienta que la muerte me acecha. Ahora bien, por si acaso la muerte me pilla desprevenida, cada vez que no lo toque sustituiré una clavija por la que contiene este mensaje con la esperanza de que el sonido defectuoso del violín sirva para descubrir que la clavija es falsa. Aquel que encuentre este mensaje ha de saber que el alma de Maddalina Tonelli no hallará la paz hasta que se restituya el violín. Busque a la *signorina* Carina Canini de Verona, o si, por infortunios del destino ella también está muerta, dé con su descendiente más directo y devuélvale este preciado Stradivarius a su verdadero dueño.

Para que el alma de Maddalina Tonelli descanse en paz, ¡obedezca!

Para que la injusticia no sea eterna, ¡obedezca!

Que las bendiciones caigan sobre su persona.

MADDALINA TONELLI, 1707

Herman Yorke se sentó y cerró los ojos.

—Lo que yo he visto es el alma de Maddalina Tonelli —dijo, tras lo que permaneció largo rato en silencio.

El alma de Maddalina Tonelli, vagando, atormentada, inconforme, esperando el momento de echar atrás la injusticia cometida, cuando la restitución del instrumento le devolviera a ella la paz. Dos siglos llevaba errando, siguiendo las fortunas de un violín. ¿Se les habría aparecido a los anteriores poseedores del Stradivarius? Puede que no. Quizá el alma de los demás poseedores jamás hubiera ardido con un entusiasmo como el suyo por el color y la vida del sonido, un entusiasmo capaz de llevarle a ver el alma de la mujer. Una casa de empeños cerca de la carretera de Ratcliff sugería una sucesión de marineros borrachos aficionados a tocar el violín e incapaces de sorprenderse por nada que fuera más exquisito que una cabilla. Para él, en cambio, ver a la muchacha había sido una revelación.

Herman Yorke se puso en pie de un salto. ¿De verdad iba a entregar su Stradivarius justo cuando acababa de descubrir que lo tenía? ¡Ni mucho menos! ¿Acaso no lo había obtenido él legítimamente? ¡Por supuesto que sí! ¿Iba, entonces, ahora que había probado las mieles divinas de su sabor, a deshacerse de él para expiar los pecados de otra persona, alguien que ni siquiera era de su familia, que ni siquiera era de su época? ¡Por supuesto que no! ¡Jamás! El Stradivarius era suyo de acuerdo con todos los derechos que conceden a una persona la posesión de algo, y suyo iba a seguir siendo, a pesar de los ojos implorantes y de aquellas lágrimas redondas y grandes.

Además, habían pasado doscientos años. ¿Acaso no era absurdo soñar siquiera con dar con el heredero legal de esa tal *signorina* Carina, hija del maestro violinista? ¡Más que absurdo! ¿Descendientes? Cabía la posibilidad de que no quedara ni uno solo, ¡o podía haber dos mil! ¿Acaso era su cometido ir preguntando entre la población de toda Italia? No, ni mucho menos. Incluso en lo que respecta a la conciencia ha de haber un Estatuto de Limitación. En aquel mismo momento, Herman Yorke tomó tres decisiones. La primera, que no iba a contarle a nadie que había encontrado aquel mensaje; la segunda, que no haría el menor caso a la petición de la fallecida Maddalina Tonelli; y la tercera —esta para apaciguar a su conciencia—, que en su testamento dejaría el Stradivarius a la ciudad de Verona. ¡Seguro que esto último satisfacía al alma de Maddalina Tonelli!

La noche del Concierto de Navidad, Herman Yorke aguardó tras el escenario hasta que no pudo demorar más ocupar su lugar en la orquesta. Audaz, marchó por el escenario y, sin mirar al público, se sentó, se acomodó, y acomodó también el violín y la música. Con la primera acometida del arco pasaron dos cosas. La primera, que vio al director mirarlo no solo complacido, sino fascinado, dado que aquella era la primera ocasión en la que el hombre oía el verdadero Stradivarius; y la segunda, que un dolor agudo se instaló en su frente. ¡Estaba claro que Maddalina Tonelli tenía los ojos clavados en él una vez más! Herman Yorke debía mostrarse firme. Tenía que mantener alejada su mirada, igual que una armadura mantiene alejadas las flechas. Ni una sola vez durante la velada debían sus ojos desviarse hasta dar con los de ella. Era un gran sacrificio por su parte, y debería satisfacerla a ella, que hubiera decidido legar el Stradivarius a Verona, la ciudad natal de Canini. Ella no tenía ya derecho a atormentarlo. Iba a demostrarle que estaba por encima de ese poder de ella para desconcertarle, por mucho que ella insistiera en acosarle. Mantendría la vista apartada de ella. Pero no pasó ni un minuto y ya la estaba mirando.

La joven tenía las cejas enarcadas y la boca entreabierta, se agarraba las manos con fuerza, nerviosa. Se inclinó hacia delante, asintió. Era evidente que todo su ser clamaba: «Lo vas a hacer, ¿verdad? ¿¡Verdad!?». Herman Yorke decidió aplastar sus esperanzas de una vez por todas y, bruscamente, negó con la cabeza.

Acto seguido e igual que una madre águila que recibe a un intruso molesto en su nido se eriza y se hincha para doblar su tamaño, la muchacha empezó a expandirse y expandirse hasta que al primer violín le dio la sensación de que llenaba por completo el auditorio. De sus ojos salían unas llamas demoníacas y un pico curvado ocupaba ahora el lugar de su nariz, las orejas las tenía pegadas a la cabeza y su pelo, ese pelo negro suyo, estaba erecto, tieso, como si fueran las púas de un puercoespín. La criatura se sacudió y, con una especie de crujido, unas enormes y gruesas plumas destacaron en su cuerpo como dagas. Sus manos, cada una a un lado de la cabeza, tenían ahora escamas y cada dedo se había convertido en una horripilante garra. En la espalda tenía unas alas gigantescas y de los agujeros del pico le salía un sonido siseante que a Herman Yorke le heló la sangre. Luego, con un alarido musical, este vampiro se lanzó directamente a por la cabeza del primer violín.

Horrorizadas, tanto la audiencia como la orquesta presenciaron cómo Herman Yorke se levantaba de un salto, presa de un espasmo de miedo; horrorizadas, le oyeron chillar:

—¡Lo voy a hacer! ¡Lo voy a hacer! ¡Piedad! ¡Piedad!

Horrorizadas, vieron cómo Herman Yorke dejaba su violín en manos del director y cómo, después, tras pegar un alarido que fue en parte un gruñido, caía de bruces al escenario. Por la mañana, los periódicos informaron de la suspensión de un concierto porque el primer violinista había sufrido un ataque.

Pasaron tres meses hasta que Herman Yorke se sintió lo bastante fuerte como para viajar a Verona. Esther Burnaby mostró cierta consideración para con el violinista: esperó a que el hombre fuera capaz de levantarse de la cama para enviarle una nota con la que ponía fin a su compromiso y le devolvía sus regalos. Herman Yorke leyó la nota, la rompió en mil y un pedacitos, y los arrojó al fuego. El paquete con los regalos lo dejó en una esquina a pesar de que el contenido fuera muy preciado. Ni siquiera lo miró cuando lo dejaron partir.

El volátil arrendador del hotelito que Herman Yorke convertía en su base de operaciones cuando iba a Verona —había estado en la ciudad media docena de veces— le dio la bienvenida con gran pompa e insistió y no paró hasta que el inglés tomó una copa de vino con él. En mitad de un torrente de palabras del italiano, de repente, Herman Yorke levantó la mano para pedir silencio. El sonido de un violín bailoteaba y cabrioleaba en la calle y se colaba en la salita en la que se sentaban huésped y anfitrión. Durante un rato, ambos escucharon.

—¡Qué bien toca! —exclamó por fin Herman Yorke—. ¿De dónde viene el sonido?

—De la calle, *signor*.

—¿De la calle? Y ¿quién lo toca?

—Algún vagabundo harapiento, sin duda —respondió el anfitrión encogiéndose de hombros.

—¡Pues qué vagabundo harapiento tan afortunado! —Aquello lo dijo Herman Yorke más para sí mismo que para el italiano—. ¿Podría pedirle que pasara?

—Por supuesto. A él también le ofreceré un vaso de vino...

—Y veinticinco liras —añadió Yorke.

—¿Vino y una fortuna? ¿Qué más se puede pedir en este mundo? —respondió el anfitrión mientras se levantaba y abandonaba la salita.

Cinco minutos después, la puerta de la salita se abría de nuevo.

Herman Yorke se quedó atónito, como si lo hubiera alcanzado un rayo. Allí, enmarcada por la puerta, estaba la muchacha de los conciertos. Mal vestida, con el rostro más delgado, ¡pero era ella! En las manos llevaba un arco y un violín, y le hizo al inglés una reverencia digna de una princesa. Herman Yorke se puso de pie.

—¿Tengo el honor de hablar con la *signorina* Maddalina Tonelli? —le preguntó.

—No, *signor*. —La joven se mostró sorprendida.

—¿No es usted la *signorina* Tonelli? ¿Cómo se llama entonces?

—Me llamo Carina Canini.

El nombre sonó como un destello en el cerebro de él. ¡El fantasma de Maddalina Tonelli había adoptado el parecido del pariente vivo de Carina Canini para que Herman Yorke pudiera reconocer a la dueña del Stradivarius a golpe de vista! No tenía ninguna duda, pero, aun así, decidió hacerle algunas preguntas más a la joven:

—¿Vivió hace tiempo un Canini que era famoso por cómo tocaba el violín?

—Era antepasado mío, *signor*. Me dejó en herencia su amor por el instrumento, pero, por desgracia, ni su habilidad ni su violín.

—¿Tenía un violín famoso?

—Un Stradivarius, *signor*, pero se lo robaron en el lecho de muerte.

Carina Canini se sentó en una silla. Jugueteaba con la copa de vino que tenía en las manos.

—¿Quién no sería famoso si pudiera tocar un Stradivarius? —añadió.

Herman Yorke miró a la joven con mucha más franqueza que al espíritu que se le había presentado en el lejano Queen's Hall. Su naturaleza era la de aquel que nace en un palacio, pero el destino la había confinado a un lugar humilde. Hasta ese momento, Herman Yorke había temido la amargura que le produciría separarse del Stradivarius, pero allí, sentado, deleitándose en los ojos de la gloriosa muchacha del sur, se dio cuenta de que la amargura no era tal, sino que era dulzura. Le daba la sensación de que hacía muchos meses que la conocía y, en cierta medida, no se equivocaba.

—Yo también tengo un violín —le dijo él, rompiendo con aquella frase un largo silencio—. ¿Le importa que lo toque un poco?, el tiempo que tarda usted en beber el vino.

—Es usted muy amable, *signor* —le dijo ella graciosamente.

Herman Yorke sacó el Stradivarius y tocó. Tocó con todas sus fuerzas, tocó con toda su alma, tocó como nunca en la vida había tocado, y fue así porque temía que aquella fuera la última vez en la que tuviera aquel violín divino cerca del corazón. A medida que tocaba, los ojos de la muchacha pasaron de grandes a enormes; su pecho se agitó, extasiado; y lágrimas de placer empezaron a correrle por las mejillas. Cuando el joven dejó de tocar, la muchacha se puso en pie como accionada por un resorte y, embargada por ese típico entusiasmo sureño, por esa emoción tan característica del sur, echó los brazos alrededor del cuello de Herman Yorke y lo besó apasionadamente.

Cuando, un tanto asustada por su propio impulso, la

muchacha se apartó de Herman Yorke, este le tendió el violín.

—*Signorina*, en su día este Stradivarius perteneció al *signor* Umberto Canini, de Verona. Lleva muchos años de un lado para otro, pero los dioses lo han cuidado y, ahora, al final, en el momento adecuado, me han elegido para que se lo devuelva a su verdadero dueño, Carina Canini. Tome, *signorina*, tome aquello que le pertenece y, junto con ello, tome esta pequeña nota.

Herman Yorke acabó pasando seis meses en Verona.

Nos encontrábamos de nuevo en Londres, en el Queen's Hall, y de nuevo en el Concierto de Navidad de la Sociedad Orquestal de Aficionados. Este concierto sería recordado porque la señora de Herman Yorke, conocida antes como Carina Canini, de Verona, hizo su sensacional debut en el escenario tocando el famoso Stradivarius de su antepasado. Herman Yorke ocupó un sitio en el escenario a pesar de que él no estuviera tocando y durante la primera parte del concierto estuvo mirando las diversas caras del público tanto en el patio de butacas como en el palco. Había una butaca vacía en la quinta fila y Herman Yorke la observó con atención. La orquesta tocó una sinfonía y la butaca permaneció vacía. Cantaron una canción y la butaca siguió estando vacía. No obstante, cuando su esposa subió al escenario y pasó el arco por las cuerdas por primera vez, la butaca se ocupó.

Era una joven, pero no la muchacha de los conciertos anteriores. Aunque, claro, ¿cómo iba a esperar que se tratara de la misma joven, teniendo en cuenta que esa joven estaba ahora en el escenario, tocando divinamente? No, en la butaca se sentaba una criatura diferente, delgada, frágil, con el rostro pálido y rodeado de un pelo dorado. La joven lo miraba fijamente, igual que él a ella. En un momento dado, los labios de ella dieron forma a una sonrisa infinitamente dulce y, después, se levantó y le hizo una gran reverencia, como si no pudiera sentirse más agradecida. A continuación, la joven empezó como a flotar, más y más alto, y, a medida que ascendía, cerró los ojos y su cabeza cayó suavemente hacia atrás, sin duda descansada, y el auditorio se llenó del esplendor de su partida.

Herman Yorke apoyó los codos en las rodillas, enterró el rostro en las manos y se dijo:

—Cae ahora el descanso como un bálsamo sobre la cansada alma de Maddalina Tonelli.

JAMES BARR

James Barr (1862-1923) era el hermano menor del más conocido escritor Robert Barr. Aunque James fue tan prolífico como Robert, es a este a quien más se recuerda, tanto por haber sido fundador y editor de la revista *The Idler* en 1892 como por sus inteligentes relatos criminales protagonizados por Eugène Valmont. No obstante, ya va siendo hora de que James Barr deje de estar a la sombra de su hermano y de que se lo reconozca por sus historias, ingeniosas y atmosféricas.

Barr nació en Canadá, adonde sus padres habían emigrado desde Escocia en 1854, pero volvió a Inglaterra en 1883 siguiendo los pasos de su hermano y allí se convirtió en periodista y escritor. Aunque escribió varios relatos para las revistas más populares, no publicó muchos libros —a diferencia de su hermano—, e incluso el más famoso de ellos, *The Gods Give My Donkey Wings* (1895), una historia satírica sobre una utopía extraordinaria, la publicó como Angus Evan Abbott, un alias que no estaba llamado a perdurar en el recuerdo.

Muchos de los relatos de James Barr encajan en la categoría de ficción extraña o ciencia ficción temprana. El siguiente data de 1909.

UN REGENTE DE POESÍAS DE AMOR

de Guy Thorne

«Para lo que sea que quiero hacer antes de morir, tengo la sensación de que no me queda tiempo, como si no me quedara ya sino una hora».

MONTAIGNE

Se ha descubierto a otros hombres, se han encontrado escritoras con talento y se han inventado reputaciones a lo largo de los años. Glendinning, sin embargo, seguía estando en el mismo sitio.

El hombre escribía relatos que gustaban a las personas cultas y de los que los periódicos cultos hablaban bien, pero ganaba muy poco dinero. Sus obras provocaban una vibración insulsa en los oídos del público en general, como cuando golpeas un tambor por encima de una manta. Saber su nombre estaba bien, pero leer sus libros era un aburrimiento indudable.

Glendinning vivía con su esposa en una antigua casa de campo de granito en los brezales desprovistos de caminos del salvaje interior de Cornwall. Hacía dos años que estaban allí, muy felices llevando una vida sencilla pero llena de los bravos aires del Atlántico y de majestuosas puestas de sol, y acompañados por pájaros y bestias tímidas y del sonido de Dios en las brisas de medianoche.

Con poco habían hecho que su casita fuera muy bonita. Gertrude había ido adquiriendo gangas por todo el campo en granjas castigadas por el clima y en antiguas casitas de campo, y aquí tenían una vieja silla en la que los pastores celtas de antaño se habían sentado durante generaciones, soñando con cosas que ya han caído en el olvido; allí una pieza de barro de Cornualles, tan vieja y recia, pero tan bella que bien podría haber sido todo un hallazgo en los túmulos de los druidas, bajo el misterioso crómlech de Carn Galva.

Pero, por pobres que fueran, su pobreza la refinaban y la irradiaban las sencillas bellezas que tenían a su alcance. Y las noches en las que el viento soplaba con mucha fuerza y el Atlántico rugía muy por debajo de ellos como si fueran timbales, cuando los coágulos de espuma volaban lejos, hacia el interior, por encima de su puntiagudo tejado, se sentaban junto al fuego y consideraban que no había en el mundo una pareja más afortunada que la suya.

Cada amanecer era un disfrute recurrente y cada mañana se convertía en el pío comienzo de los quehaceres de la casa y de los arduos esfuerzos literarios.

Entonces, muy de repente e inesperadamente, la gente de Londres descubrió a Glendinning. Se publicaban artículos acerca de su trabajo en los periódicos importantes y la gente le escribía amables cartas de alabanza y agradecimiento. Tanto la esposa como el marido se dieron cuenta de que ante ellos se abría una verdadera oportunidad. Ambos dijeron que no querían abandonar su espléndida soledad, ese inmenso paisaje que era, en sí mismo, el fruto de la floración de la paz y la tranquilidad. Al mismo tiempo, ambos se dieron cuenta de que tenían ante ellos un deber, el deber de aprovechar aquella marea viva tan repentina; al fin y al cabo, no iba a tardar en llegarles un bebé.

Al poco tiempo Glendinning se comprometió a escribir un libro para una eminente editorial, un libro por el que le pagarían una gran suma. Allí llegaba la fortuna, sin duda. Podrían ahorrar una gran parte del dinero. Ante ellos se abría un paisaje de espléndidas posibilidades y ambos convinieron que, si hasta ese momento se habían conformado con tan poco era, sencillamente, porque en el pasado apenas habían tenido acceso a nada.

Tres meses después, cuando el libro estaba casi acabado, el único amigo que tenían allí —es decir, la única persona que los conocía bien o sabía algo de ellos— se acercó a visitarlos. El hombre era el médico de la zona y el juez de paz de Portalone, el pueblecito pesquero que había a ocho kilómetros.

Le contaron lo de la buena fortuna y lo de las posibilidades que se les presentaban, y las felicitaciones del canoso y capaz doctor fueron cordiales y sinceras.

—Ay... —les dijo—, sabía que no tardaría en llegar. Dentro de poco, en uno o dos años, os perderé a ambos y, entonces, ya no quedará en el interior nadie con quien hablar. Pero ¡ay, hijos míos!, no sabéis cuánto me alegro.

Cuando llegue el bebé, lo hará con una cuchara de plata en la boca..., ¿¡o debería decir con una estilográfica bañada en oro!? —Y dirigiéndose a ella—: ¡No me cabe duda de que vas a convertirlo en el próximo Charles Dickens!

El buen hombre se quedó a comer con los Glendinning y disfrutó de toda una hora de especulaciones con el autor. Para él siempre era un bálsamo hablar con Glendinning, tratar temas que versaban de lo que uno no puede ni ver ni tocar, discutir sobre las razones del presente y de la posibilidad de que haya un más allá. El hecho de que ambos hombres tuvieran puntos de vista diametralmente opuestos respecto a esas cuestiones sobre las que solo los señores de la vida y de la muerte pueden decidir, hacía que sus argumentos resultaran más satisfactorios y estimulantes en aquella rutinaria vida tranquila y remota.

—La muerte —comenzó a decir el doctor mientras iba a coger su yegua al pequeño establo con tejado de paja—, la muerte es, sencillamente, el cese de la correspondencia con el entorno. Créeme, Glendinning, porque te aseguro que no es nada más que eso. Volvemos a vivir en la naturaleza, sí, pero eso es todo.

>De esta boca sale una rosa roja, ¡rojísima!
¡De este corazón una blanca!

>Adquirimos una forma en toda vida sensorial, pero, cuando morimos, nuestra personalidad cesa.

Glendinning se había enfrentado a aquel argumento

hasta la saciedad. Se negaba a creer que el alma del ser humano fuera como la llama de una vela que apagas y deja de existir, pero ya no dijo nada más. Permaneció callado mientras el doctor le ponía la brida a la yegua.

Gertrude, no obstante, que había estado escuchando la conversación sin hacer ningún comentario, decidió contribuir, pero no echando leña al fuego, sino con una mera opinión:

—Yo alcanzo a entender el punto de vista del doctor. No puedo refutarlo, pero, por mi naturaleza y por muy sabio que a él lo considere, ni puedo ni quiero creerlo.

—Bueno —dijo el médico con un pie en el estribo—, algún día lo descubriremos, queridos míos.

Con esas palabras se aupó a la silla, sacó sus guantes rojos, los movió a un lado y al otro a modo de alegre despedida y se alejó al trote por los brezales en dirección a Portalone.

La pareja se quedó mirándolo hasta que el hombre se convirtió en un esqueleto negro recortado en el horizonte del páramo y, después, cogidos del brazo, decidieron dar un paseo por la vereda, entre brezales, hasta una granja que había a unos tres kilómetros.

Empezó a hablar de números con su esposa:

—Ya sabes que no estoy asegurado, que nunca hemos podido permitirnos la póliza, pero ahora podremos apartar cien o doscientas libras para ti en caso de que algo suceda.

—No hables de cosas tan terribles, cariño —respondió ella medio riendo, pero con aprensión en sus dulces ojos.

Caminaban hacia la granja. Algo más de un kilómetro después se encontraron con un labriego que los saludó y los puso al día:

—No *s'acerquen* a Trevarrick, vecinos, que *m'han* dicho *que'l* toro *'el* señor Trewella está revoltoso.

Le sonrieron e, inmersos en sus asuntos, siguieron caminando hacia la granja.

El doctor estaba de vuelta solo cuatro horas después de haber abandonado una casita de campo feliz. Se encontraba de pie junto a la cama en la que yacía Glendinning con el rostro muy pálido y cuajado. Había sido muy buen amigo del matrimonio como para no decirles la verdad en ese momento. El doctor no había aprendido las mentiras suaves y adecuadas que los físicos menos rudos utilizan para allanar el sendero de la muerte. La severidad de la vida en los páramos le había entrado en las venas y ahora creía que la blandura y las medias verdades eran una cruel preparación para la tumba. Así que les dijo, sencillamente, que en una o dos horas Glendinning iba a fallecer.

La furiosa criatura, con su enorme y musculoso cuello y con esa cabeza que parecía un ariete, había hecho su trabajo, y lo había hecho demasiado bien.

Glendinning no sentía dolor —jamás volvería a sentirlo—, pero la muerte pesaba como un plomo sobre él y la vida se le iba igual que se extingue un fuego.

—Glendinning, ¿quieres que me quede?

—Creo que no, viejo. Quiero estar a solas con Gertrude, por favor.

El doctor, que había estado en muchos lechos fúnebres, cogió la mano de su amigo, una mano que aún estaba cálida, llena de sangre y que no había sufrido mal alguno, se la llevó a los labios, bajó la cabeza y se volvió para marcharse.

—Volveré, muchacha —le susurró a Gertrude, y la dejó a solas con su marido.

Glendinning no fue capaz de retener el control de su cerebro durante mucho tiempo. Empezó a llorar, descorazonado, y a lamentarse porque no había acabado *Un regente de poesías de amor*. Sus últimas palabras fueron:

—Ay, cariño mío, si lo hubiera acabado..., si lo hubiera acabado tendrías algo con lo que vivir... Quinientas palabras. Quinientas palabras más y...

Tembló un poco y se quedó quieto, respirando con dificultad hasta que la vida se le extinguió.

El viento de medianoche había aullado tan a menudo sobre la casita de campo y Gertrude y su marido habían leído tanto acompañados por él —fantasía, romances e incluso las Escrituras— que ya, y a pesar de que Cyril yaciera muerto en la cama, a la mujer no le daba ningún miedo ni le resultaba en absoluto extraordinario.

El doctor había estado allí. Las mujeres de las granjas, amistosas y simpatizantes, y gente con buen corazón de Cornualles, se habían echado al páramo y se habían reunido alrededor de la casa de tal manera que parecían cuervos. O eso era lo que pensaba Gertrude, porque ella lo que quería era que la dejaran a solas con su amado muerto.

En aquel momento, la esposa de un granjero estaba roncando en el banco alto de la cocina. Gertrude, sin embargo, estaba sola..., sola en el cuarto de escribir de Cyril, y solo una pared de madera la separaba del dormitorio, donde su marido yacía céreo y en paz.

Aún no había llegado el momento de que la mujer aceptara las amables influencias, los consuelos supremos, el alivio que Dios vierte sobre nuestro herido corazón; aún seguía aturdida y, de momento, no había oído los ecos del paraíso.

Había encendido la lámpara de la agradable habitación de escritura y esta iluminaba los cuadros de Cyril, los libros de Cyril, el ordenado desorden de la gran mesa en la que Cyril escribía.

¡Qué seguro, ordenado, cómodo y *adecuado* parecía todo!

Ahí estaba la máquina de escribir, reflejando la luz de la lámpara en sus superficies pulidas de negra laca japonesa y acero, y junto a la máquina estaba la pulcra pila del manuscrito, la «copia» final e incompleta de *Un regente de poesías de amor*.

Aquella pila la hipnotizaba y, mientras la observaba, los esfuerzos físicos de la última hora empezaron a hacerle mella. Gertrude cayó en un estado en el que se encontraba medio rota, medio presa del estupor.

En su sueño volvió a oír estas palabras: «Ay, cariño mío, si lo hubiera acabado... si lo hubiera acabado tendrías algo con lo que vivir... Quinientas palabras. Quinientas palabras más y...». Se despertó de golpe y se sentó bien en la silla, tiesa. Unos chasquidos metálicos resonaban en la tranquila estancia.

Con manos temblonas, se frotó los ojos porque le parecía haber visto algo inexplicable en la mesa forrada de verde sobre la que descansaba la máquina de escribir; le parecía haber visto cómo las teclas se hundían como si las pulsase una mano experta. Y el carro viajaba a toda velocidad hacia el inminente momento en que sonaría la campana... ¡y, en efecto, la campana sonó, el carro retrocedió con ese característico sonido arenoso, similar al de las codornices, y se produjo el repentino impacto contra el amortiguador de níquel al final del recorrido! Entonces, una vez más, las teclas lacadas empezaron a bailar y a brillar bajo la luz.

¡No, aquello no era ninguna ilusión! ¡La máquina se estaba moviendo!

Rígida como un cadáver, como deslizándose, Gertrude dio un par de pasos hacia la mesa.

Cuando se detuvo, el carro se levantó y el sonido de las teclas cesó. Era como si un mecanógrafo invisible estuviera releyendo la última frase que había aparecido en el cilindro. El carro bajó confiado y con fuerza. Una vez más las teclas empezaron a moverse a la carrera y las palancas saltaban sobre la cinta.

Entonces se oyó el chirrido de las ruedas dentadas. La hoja, completamente escrita, flotó como si una mano la sujetara, permaneció detenida en el aire un momento y, después, se puso, ordenadamente, sobre la gruesa pila del manuscrito, que casi era la historia completa... sobre *Un regente de poesías de amor*.

Gertrude se retiró a la silla trastabillando. Sabía lo que estaba sucediendo.

Era incapaz de entender cómo o por qué, pero sabía que estaba actuando una fuerza sobrehumana. Se dio cuenta de que esa fuerza estaba acabando *Un regente de poesías de amor*... y no por amor al arte, sino por amor a ella.

Los chasquidos metálicos seguían y seguían. El movimiento mecánico, que escribía, completaba y retiraba la página, no paraba.

Gertrude se apartó de la máquina muy despacio, siguió la pared hasta la puerta del estudio, la abrió, saltó hasta el pie de las escaleras y entró de golpe en la habitación donde yacía el muerto.

Las velas que había alrededor de la cama ardían quedas y frías. Aquel cascarón que hasta hace poco había sido Cyril yacía, céreo y sonriente.

Nada había cambiado.

La mujer volvió corriendo a la habitación de escritura. La máquina seguía inmersa en su furioso cometido de terminar el libro.

Entonces, por fin, se dio cuenta de que, desde algún otro mundo, su marido estaba escribiendo las últimas líneas de aquella historia... para ella. *Para ella.*

Los señores de la vida y de la muerte le habían concedido aquella gracia.

Se acercó más a la máquina, que no dejaba de emitir zumbidos y chasquidos..., y un poco más todavía..., y, cuando se encontraba a un metro de distancia, se quedó observando aquel misterio, tan estupendo, pero tan sencillo en su funcionamiento material.

El viento aulló y lloriqueó alrededor de la casa a medida que la noche avanzaba y el cadáver permaneció en silencio en el dormitorio y ella observó y escuchó con la sensación de que los augustos poderes que trabajaban para ella estaban siendo como un bálsamo para su alma.

Observó. Vio las últimas líneas, brillando, ardiendo, líneas maravillosas que quedaban estampadas en aquel papel de lino fabricado en los Estados Unidos. Entonces, mientras contenía el aliento presa del amor, de la gratitud, pero también poseída por un miedo indescriptible, vio cómo el carro se levantaba una vez más y cómo en la página escribían con letras púrpuras: «FIN».

Los atronadores chasquidos se callaron de repente. Un silencio omnipresente se apoderó de la casita de campo, un silencio que el aterrador viento intensificó por su incapacidad de acabar con él.

Gertrude se puso de pie. Levantó la vista e invocó el alma de Cyril:

—¡Cyril! —gritó—. ¡Cyril... —siguió—, escúchame antes de irte! ¡Envíame un mensaje más! ¡Has acabado el libro, amor mío, pero dime desde *dónde* lo has hecho! ¡Amor de mi vida, amor mío, una sola palabra más...!

Sin embargo, la máquina de escribir permaneció inmóvil, en silencio. Aquel amor tan fuerte como para perforar innumerables velos con intención de ayudarla no tenía permitido decirle a la solitaria esposa por qué lo había hecho y desde qué cercano o lejano lugar le había enviado su último mensaje.

Podemos acercarnos mucho al grueso velo, podemos pensar que los señores de la vida y de la muerte son amables y nos hacen revelaciones, pero solo Dios sabe cuál es el tiempo y el lugar, y a nosotros no se nos permite comprenderlo.

Aún no nos lo hemos merecido.

Eso es lo que Gertrude aprendió.

Luego, siguió aguardando, esperanzada, la última explicación y su reunión con Cyril.

La novela fue un gran éxito, pero la mayoría de los críticos —que sabían de lo que hablaban— coincidieron en un punto. Decían que, a pesar de que los dos últimos capítulos del libro estaban bien escritos, parecía que el autor hubiera querido alcanzar con ellos una nota muy elevada, una nota que no había sido capaz de mantener.

GUY THORNE

Uno de los libros más vendidos y más controvertidos del invierno de 1903-1904 fue una historia de suspense en la línea de *El código Da Vinci*, solo que un siglo anterior, y que trata de un intento de desacreditar el cristianismo colando una antigüedad que «demuestra» que Jesús no resucitó y, después, valora el impacto que esto tendría en nuestra civilización. La obra, que se titulaba *When It Was Dark*, no la escribió ninguno de los novelistas principales de aquella época —como Hall Caine, R. H. Benson o M. P. Shiel—, sino que la escribió Cyril Ranger Gull (1876-1923), que no es un nombre que te traiga nada a la mente automáticamente. La novela se publicó con el alias de Guy Thorne, más conocido, pero, aun así, y a menos que te encante la ciencia ficción y lo sobrenatural de antaño, este tampoco será un nombre que reconozcas. No obstante, Gull fue uno de los escritores más prolíficos y respetados de relatos inusuales en su día, y destacó por su inteligencia, por su cautivadora conversación y porque siempre estaba animando a otros autores.

Una fotografía de Thorne aparecida en 1905 en la revista *The London Magazine* nos muestra a un hombre corpulento, de estatura media, que, con su bigote encerado y raya en medio, bien podría haber sido la inspiración de Hércules Poirot. La cuestión es que ni la reputación de Thorne ni la de Gull duró demasiado, si bien había suficiente material como para que David Wilkinson escribiera su biografía, «*Guy Thorne*»: *C. Ranger Gull: Edwardian Tabloid Novelist and His Unseemly Brotherhood* (2012), una resurrección de una vida que tuvo tanto de trágica como de sensacionalista.

Varias de las novelas de Gull —y escribió más de ochenta en veinticinco años— puedes encontrarlas en formato digital o para imprimir por encargo, pero sus relatos languidecen. El siguiente, desde luego, demuestra que, en ocasiones, Gull podía ser conmovedoramente sensible.

FANTASMAS

de Lumley Deakin

I

*E*so de que medio mundo no sabe cómo vive el otro medio no es sino un tópico. Está claro que la mitad que sabía cómo era Grimshaw por la noche no estaba para nada interesada en la mitad que conocía cómo era por el día. El tema de la doble personalidad no solo es fascinante, sino que es mucho más común de lo que creen los legos en la materia. Grimshaw representaba dos papeles y cada uno de ellos le resultaba perfectamente natural. La alta sociedad lo consideraba el soltero más apto entre sus filas. Si bien no era guapo, tenía unos rasgos tan marcados que lo convertían en una persona tremendamente atractiva. Por si esto fuera poco, era uno de los donantes más generosos que la alta sociedad había conocido en la última década. No había institución benéfica en el West End que no lo considerase su hada madrina. Sus contribuciones eran amplias y frecuentes, y lo más maravilloso de todo es que era increíblemente modesto a pesar de su generosidad. Como norma, sus cheques llegaban con la petición de que la donación se anunciara como «anónima». En cierto modo, tanta modestia era la mejor manera de obtener reconocimiento, porque el dinero que más habla es el silencioso, y los cuchicheos acerca de su benevolencia siempre estaban en los labios de aquellos que revoloteaban de una recepción a otra a lo largo de la temporada. Muchos se preguntaban cuál era la fuente de la riqueza de Grimshaw, pero nunca nadie descubrió la verdad, porque la astucia que hacía posible su riqueza también daba forma a la máscara que cegaba a la irreflexiva alta sociedad.

Cyrus Sabinette conoció a Grimshaw en casa de *lady* Recker. Los presentaron entre ellos como «las dos personas más interesantes de Londres en aquel momento». Grimshaw, fuerte y masculino, escudriñó la alta y delgada figura de Sabinette antes de estrecharle la mano, y los grandes ojos negros de Sabinette le sostuvieron la mirada, solo que con algo menos de insolencia. Ninguno de los que estaba allí escuchó los preliminares, pero, para sorpresa de aquellos que conocían a Grimshaw como una persona reservada, casi asocial, los dos eran buenos amigos al cabo de una hora de que los hubieran presentado. Sabinette tenía un humor muy ingenioso y fue ridículo lo poco que le costó ganarse la confianza de Grimshaw. De hecho, este le confesó a su anfitriona mientras se despedía de ella que jamás había conocido a una personalidad tan encantadora y le imploró, si en algo le apreciaba, que fomentara su relación.

Grimshaw vivía en el lado sur del río. Su casa era una

estructura imponente que se alzaba en una zona bosco-sa. Sus gustos eran sencillos, artísticos, y aunque tenía pocos sirvientes, en la casa no faltaba nada de aquello que la complaciente alma de un soltero pudiera desear. Esa noche llegó a casa con agradables recuerdos del ingenio de Sabinette. Fueron frecuentes las veces en las que, en el taxi, se echó a reír al recordar alguna broma u ocurrencia del alto, sombrío y cínico Sabinette. Envió a dormir a su somnoliento mayordomo y se permitió fumar un último puro en el estudio.

Media hora después de que hubiera entrado en la casa oyó un repiqueteo de gravilla en la ventana. Fue a toda prisa hacia la puerta, pero se detuvo un momento para coger una pistola que guardaba en un armario.

Grimshaw se encontró a Cyrus Sabinette en el umbral y, antes de que se hubiera recuperado de su sorpresa, el amigo que acababa de hacer le explicó el motivo de su repentina aparición:

—Voy a alojarme con unos amigos en este distrito y *lady* Recker ha sido tan amable de poner en mi conocimiento los comentarios que le ha hecho usted antes de marcharse. Esta es la hora en que la mayoría de las personas se aburren y se me ha ocurrido...

—¡Qué razón tiene! —convino Grimshaw—. Adelante. Justo ahora estaba pensando en la historia que nos ha contado en la sala de fumar de *lady* Recker. Me encantaría disfrutar de su compañía durante media hora, antes de irme a dormir.

Sabinette lo siguió al estudio y, agradecido, eligió un puro de la caja que le tendía Grimshaw.

—He de reconocer —empezó diciendo mientras se sentaba en una butaca— que soy un oportunista. Me pregunto si querrá usted acreditarme por haberle hecho pasar un rato agradable en la vida esta noche.

—¡Nunca me había reído tanto! —respondió Grimshaw.

Sabinette sonrió satisfecho.

—Yo diría... que en su vida no hay mucha alegría.

De inmediato, Grimshaw frunció el ceño.

—Yo diría que no me he quejado nunca —comentó cauteloso.

Sabinette hizo un gesto muy expresivo.

—Si me lo permite, la soltería a su edad... es casi una prueba fehaciente de... de, digamos..., ¿decepción?

—No está siendo usted tan ingenioso como hace una hora.

—Le pido disculpas. He venido para conseguir algo que deseo por su parte y sería muy estúpido por la mía no conseguir sino desagradarle.

—¿Un deseo?

—Implorarle una carta de presentación.

—¿Para quién?

—Para un hombre que, según me han informado, es el mayor genio empresarial de Londres, Abraham Heischmann.

Grimshaw frunció el ceño más si cabe.

—Me desconcierta usted.

—Qué raro... —murmuró Sabinette—. Estaba convencido de que eran ustedes amigos íntimos.

—¿De quién se trata?

—El señor Heischmann es un importante empresario de la industria textil.

—Sé muy poco de hombres de negocios —comentó Grimshaw somnoliento.

—Es conocido por estar ganando miles de libras gracias a la cuidadosa selección de sus trabajadores.

—Ah, ¿sí?

—Es tan habilidoso a la hora de dirigir a esos que cortejan su negocio que obtiene preferencias en forma de contratos con el Gobierno, al que le suministra la vestimenta oficial.

—Ha dejado usted la puerta abierta. ¿Le importaría cerrarla?

—En absoluto —respondió Sabinette al tiempo que se levantaba de la butaca.

—Pero por fuera —añadió Grimshaw en cuanto Sabinette se hubo levantado.

—Querido amigo —empezó a decir Sabinette mientras movía el puro entre los dedos—, no es usted un actor tan inteligente como la alta sociedad ha pretendido hacerme creer.

Grimshaw se puso de pie. Su actitud resultaba amenazante.

—A ver, sé que Henry Grimshaw y Abraham Heischmann son la misma persona —calmado, Sabinette soltó una nube de humo—, y dado que no nado en la abundancia...

—Ha pensado que podía venir a chantajearme.

—¡Señor! —Sabinette bajó los ojos—. Yo nunca chantajeo a nadie. A decir verdad, su doble papel me ha interesado. Cuando descubrí que el bondadoso filántropo Henry Grimshaw, el hombre al que, como quien dice, adoran todas las madres intrigantes de la alta sociedad..., ese Henry Grimshaw del que se dice que ha gastado diez mil libras en dar un baile en esta misma mansión en la que nos encontramos..., cuando descubrí que Henry Grimshaw era el avaro y diurno Heischmann, me dije: «Esto va a evitar que te mueras de hastío». Dice usted «chantaje». ¡Nooo! No estoy tan necesitado de dinero para hacer algo así. Tan solo he venido para admirarle... y para preguntarle si hay alguna posibilidad de que me emplee usted a su servicio.

—Eso me había parecido —respondió Grimshaw desdeñoso.

—Mi servicio merecerá, con creces, el dinero que pague usted por él. Deje que sea yo su secretario, un director o... ¡o lo que sea!

Grimshaw había dejado de fruncir el ceño y, ahora, tenía cara de miedo.

—¿Por qué iba a hacerlo? —preguntó tímidamente.

—Porque usted y yo, trabajando juntos, podríamos

alcanzar grandes metas. ¿Cree usted, por ejemplo, que es bueno que cierre ese contrato con los alemanes?

—¿Quién le ha hablado de eso?

—Eso da lo mismo. Ha propuesto usted un precio que le deja un margen muy escaso, pero si consigue mano de obra suficientemente barata es fácil que obtenga en torno a los veinte mil. Eso si aceptan su oferta, claro está.

—La aceptarán —respondió Grimshaw vanidoso.

—¿Porque nadie se atreve a ofrecer un precio tan bajo? Los demás no son capaces de encontrar mano de obra tan barata, ¿verdad?

—¿Y si le digo que, en efecto, así es?

—No debería mostrarse usted tan arrogante. De hecho, la suya no es la oferta más baja. Resulta que algo sé y que estoy en posición de proporcionarle información privilegiada. Y puedo darle nombres, si lo desea.

—Y ¿dónde obtiene su información?

—Me llega —respondió Sabinette—. Nunca soy yo el que va a buscarla. —Garabateó unos números en la parte de atrás de un sobre y se lo tendió a Grimshaw—. Esa es su oferta —dijo con una sonrisa—. No se enfade usted y no comience a acusar a todos sus administradores.

Grimshaw estaba muy sorprendido. Sabía que no podía acusar a ninguno de sus administradores de haberlo traicionado porque era él mismo quien había hecho la estimación y creía que era el único que estaba al tanto del trato.

—Lo admiro —dijo Sabinette al ver las sombras en

el rostro del otro hombre—. No es usted del todo malo. No es un hipócrita, a pesar de que gasta miles de libras en el oeste después de habérselas hecho pagar al este. En cierto modo, es usted una curiosidad. Interesaría hasta al psicólogo más patán. De hecho, no estoy seguro de que sea usted consciente de las dos fases de su naturaleza. He estado observándole en casa de *lady* Recker esta noche y me ha costado muchísimo creer que sea usted, en realidad, Abraham Heischmann. Sus modales son tan pulidos; ejerce usted tal fascinación sobre las mujeres; es usted... es usted *tan* británico. Pero le he oído musitar para sí mismo cuando estaba sentado a solas en la galería... y hablaba usted en polaco. Resulta que es un idioma que me es familiar.

Grimshaw estaba muy pálido. Físicamente era el doble de fuerte que el otro hombre, pero las acometidas de Sabinette lo habían debilitado. Había perdido el coraje. Por fin, logró balbucear:

—¿Qué sucedería... si admito que tiene usted razón? ¿Qué quiere que haga?

Sabinette dejó el puro en un cenicero y miró fijamente a Grimshaw antes de responder:

—¿Me pregunta que qué quiero que haga? No, yo no quiero que haga usted nada, salvo otorgarme su confianza. Se podría decir que, en comparación con usted, no tengo muchos amigos, pero me interesa usted inmensamente. Esos perros aburridos que hemos conocido esta noche hacen que me sienta muy decepcionado con la naturaleza humana. Su otra vida, la del East End, ha llamado mi atención por lo diametralmente opuesta que resulta a la que lleva aquí, en el West End. Yo no me muevo únicamente por el dinero. Creo haberle dicho hace un minuto que no es que lo necesite especialmente; ahora bien, siempre estoy buscando nuevos retos. Aun así, si sufre usted la fiebre de la avaricia, puedo hacer mucho por usted. Tengo multitud de amigos influyentes en esos barrios de los que deriva su... ¿«clientela» podríamos llamarla? ¿Cuándo puedo ir a verle a su fábrica?

Grimshaw consiguió rehacerse.

—Me está bien empleado por permitir que el sentimentalismo me haya atraído a usted —dijo—. *Lady* Recker ha venido a decirme que era usted una especie de artista, pero veo que no es más que un mero chantajista. Ahí tiene la puerta. Váyase.

Sabinette se marchó sin decir nada más. Grimshaw no lo acompañó a la puerta, pero, aunque no escuchó cómo se cerraba esta, sabía que el hombre ya se había marchado.

A la mañana siguiente llegó a la fábrica una hora antes de lo habitual. Esa noche había dormido muy poco porque el hecho de que, al parecer, Sabinette supiera tanto lo había preocupado en grado sumo. Mandó llamar a su encargado, un polaco con las cejas bajas y de aspecto peligroso, y le pidió el informe de trabajo del día anterior. Le echó una ojeada cuando se lo trajo, torció la boca con desdén y escribió algo en polaco en un trozo de papel.

El encargado, que se había quedado esperando, gritó como si algo le doliera cuando vio lo que había allí escrito. Por su lado, parecía como si Grimshaw estuviera disfrutando de esta agonía mental.

—Tengo razones para pensar, Kravinski, que lleva usted un tiempo vendiendo mis secretos, traicionándome con mis competidores, y eso a pesar de todo lo que he hecho por usted. Muy bien. Dentro de una hora la policía británica estará interesada en saber que puede echarle el guante a un anarquista «buscado».

Kravinski gimoteó como si lo hubieran azotado, se puso de rodillas y le imploró a su jefe que le diera otra oportunidad y le juró que nunca, ni siquiera con una mirada, se había atrevido a traicionar su confianza. Grimshaw empezó a abrir la correspondencia delante del encargado. Una de las cartas la enviaba un departamento militar de Alemania. Antes siquiera de leerla sabía que el contrato que tan seguro había creído se lo habían dado a otro.

—¡Lea esto —le ordenó a Kravinski— y luego dígame que no me ha traicionado nunca! ¡Hemos perdido ese contrato! ¡Se lo han dado a un miserable polaco en su propio país gracias a que ha hecho una oferta ligeramente menor! Alguien ha tenido que decírselo. Si no ha sido usted, ha tenido que ser su hermana, a quien me tomé la molestia de salvar de la policía en Varsovia.

Nunca he confiado del todo en usted, Kravinski, pero tenía mis razones para darle un puesto de confianza.

El pobre hombre había dejado de quejarse y tenía la mirada puesta en el abrecartas de acero que había en la mesa, junto al codo izquierdo de Grimshaw. Como si supiera qué le estaba pasando por el pensamiento al polaco, Grimshaw apartó el arma de su alcance y con el mismo movimiento pulsó un botón que hacía sonar una campanita. De detrás de un biombo salió un hombre que había aguardado allí a raíz de la conversación que había mantenido por teléfono con Grimshaw cuando este lo había llamado justo antes de salir de casa.

—Ahí lo tiene —comentó Grimshaw calmado—: Karl Kravinski, buscado por la policía en tres países. Le daré los detalles de sus fechorías una vez que lo haya puesto a buen recaudo.

Kravinski forcejeó con el policía, pero estaba demasiado débil para resistirse a él. Mientras los gritos del encargado le llegaban desde el pasillo, Grimshaw, como si nada, siguió abriendo el correo.

—Algún día —se dijo para sí sonriente— esta alimaña me entenderá.

Luego envió a buscar a la hermana de Kravinski, Yoli, la polaca. Era una mujer guapísima, con una belleza que su vestido acentuaba a pesar de lo viejo que era. La mujer estaba muy pálida. En sus grandes ojos se percibía una pronunciada inteligencia y cierto dolor. No podía tener más de veintidós años, pero en experiencia de la vida era como si tuviera casi cincuenta. Esta mujer, a quien Grimshaw había salvado de la policía de Varsovia, había apelado con fuerza a sus emociones más vulgares ya desde el primer día en que la vio. Era una del millar de mujeres que trabajaban en la fábrica, pero destacaba muchísimo sobre las demás.

—¿Quería verme, señor Heischmann? —La mujer no tenía nada de acento y lo miraba a los ojos atentamente, como si intentara leerle el pensamiento.

—Siéntese, Yoli —dijo él con tono agradable, pero ella negó con la cabeza y permaneció de pie—. Es usted más obstinada a cada día que pasa. ¿A qué se debe?

La mujer no respondió.

—¡Y con todo lo que he hecho por usted! No puedo entenderlo...

De acuerdo con ese amor que tienen los eslavos por lo dramático, la mujer sacó de debajo del chal cinco libras en oro y dejó las monedas sobre el escritorio de Grimshaw, justo delante de él.

—Aquí tiene el dinero que me convierte en su esclava, señor Heischmann —le espetó y se llevó las manos a las caderas—. Eso es lo que pagó por mí. Tómelo y, entonces, podré responder con libertad a las preguntas que quiera hacerme. Pagó usted las cinco libras que el Departamento de Inmigración exigía. Por cinco libras me compró en cuerpo y alma, igual que ha comprado a todos los pobres miserables que trabajan para usted en la fábrica.

—Olvidémonos de eso por un momento, Yoli —dijo

él con tono persuasivo—. Tengo algo importante que decirle.

—Le escucho, señor Heischmann.

—Pero acérquese un poco más.

—Desde aquí le oigo bien.

Grimshaw se recostó en su butaca y la miró con atención.

—Dígame, Yoli, ¿conoce a un hombre llamado... Sabinette? Cyrus Sabinette.

La mujer negó con la cabeza.

—¿Está usted completamente segura?

—¿Por qué iba a tener que decirle a quién conozco y a quién no? Tan solo soy su esclava en la fábrica, no fuera de ella.

—Vamos a probar de otra manera. ¿Cuándo le habló su hermano acerca del contrato con los alemanes que estaba intentando conseguir esta firma?

—No veo a mi hermano desde ayer.

—En ese caso, si se lo dijo, tuvo que hacerlo antes, pero su respuesta me vale. Quiero ser yo quien le diga que va a pasar mucho tiempo hasta que vuelva a ver a su hermano. Lo he entregado a la policía.

La mujer se agarró al borde de la mesa y abrió y cerró los ojos como si no pudiera dar crédito a sus sentidos.

—En Inglaterra gustan muy poco los anarquistas —dijo Grimshaw—. Es verdad que los someten a juicio, pero, por lo general, los cuelgan. Venga, Yoli, cuénteme la verdad acerca del contrato con los alemanes.

La mujer se puso de rodillas, juntó las manos y juró que no sabía nada de ningún contrato y le imploró que intercediera por su hermano. Karl había sido como un padre para ella. Era la única familia que tenía en el mundo.

Grimshaw escuchó sus súplicas y, después, dio un golpe en la mesa para llamar la atención de la mujer.

—Si me cuenta todo lo que sabe sobre el tal Sabinette, haré todo lo que esté en mi mano para que su hermano tenga otra oportunidad.

La mujer insistió en que no conocía a ningún Sabinette, tras lo cual Grimshaw la golpeó en la cara con un periódico doblado y, enfadado, le ordenó que volviera a su puesto de trabajo.

Durante todo el día, Grimshaw les hizo la vida imposible a sus sudorosos empleados. Para él no eran sino ganado que compraba con dinero y que mantenía con el único propósito de que le produjeran beneficios. A cada uno de ellos lo seleccionaba cuidadosamente, gente que tuviera un pasado, un pasado que se convirtiera en una espada de Damocles cuando a él le conviniera. Todos eran refugiados, fugitivos de la justicia, personas que habían huido de su país acogiéndose a sagrado y a quienes habían enviado a Grimshaw a propósito los muchos agentes que este tenía en el continente. Era un sistema de esclavitud perfecto que él mismo había ideado y el precio de cada esclavo era de cinco libras, que les entregaba antes de que llegasen a Inglaterra para que las autoridades de Inmigración les dejaran pasar; cinco libras que más tarde les deducía de su mísero sueldo. La mayoría de sus trabajadores no habían sido capaces de devolverle el dinero; ya se encargaba él de ello. Mientras eran deudores eran esclavos miserables; e incluso si conseguían liquidar la deuda, siempre estaba el miedo a la ley.

Al final del día, Grimshaw regresó a su casa, al sur del río, se quitó la piel de lobo y se preparó para la alta sociedad, en el oeste, que estaba a punto de homenajear su idoneidad.

En dos días iba a celebrar una fiesta en su jardín, una fiesta con bailes a la luz de la luna y todo lo demás. Las cartas de aceptación estaban apiladas en la mesa del salón y su mayordomo y él las revisaron antes de la cena. Una de las características de Grimshaw era su pasión por la atención al detalle, así que, esa noche, antes de salir de casa para ir al club, revisó todo lo que había organizado para la fiesta del jardín. Todo estaba en orden, así que condujo hasta el West End con el aire de una persona que siente que ha hecho bien su trabajo y que, por lo tanto, considera que todo va a salir bien.

Para cuando Henry Grimshaw se repantingó en una butaca del club y empezó a hablar de política con un coronel amanerado, Yoli Kravinski estaba de rodillas en el suelo desnudo, con las manos juntas y su pelo negro sobre los hombros. Su hermano y ella llevaban doce meses viviendo en un edificio miserable. En las dos habitaciones que tenían alquiladas apenas había muebles. Las ventanas, que daban a un patio de mala muerte, estaban cubiertas de mugre y se oía el llanto de un niño hambriento, desatendido, que se mezclaba con las súplicas de Yoli en nombre de su hermano. Aún estaba de rodillas la mujer cuando notó una mano en el hombro y la voz más dulce que había oído jamás le preguntó:

—¿Eres la hermana de Karl Kravinski?

Yoli soltó un grito de genuino miedo y, trastabillando, se puso de pie.

—¿Cómo ha entrado? —le preguntó aterrada entre susurros al hombre que se encontraba ante ella.

—¿Cómo va a ser, querida niña? Por la puerta. Me llamo Sabinette; Cyrus Sabinette. ¿Ha oído hablar de mí?

—N-no... —tartamudeó, y luego—: ¡Sí!

—¿Es el señor Heischmann la persona le ha hablado de mí?

Yoli asintió.

—Claro —siguió Sabinette—. Ha sido él quien me ha hablado de usted y de su hermano. Lo han arrestado, ¿no es así? Heischmann me ha dicho que lo más probable es que lo extraditen.

La mujer cogió a Sabinette por el brazo.

—¡Sálvelo, por favor! ¿Puede hacerlo? ¿Puede usted hacer algo? No tengo a nadie más en el mundo. Solamente nos tenemos el uno al otro.

—He venido a hablar del señor Heischmann —comentó Sabinette como si ignorara la agonía de la mujer—. Me ha contado que está usted muy unida a él.

—¿A mi hermano? Sí.

—No, a Heischmann.

Yoli se estremeció como si un viento frío acabara de soplar en la habitación.

—¡Odio a ese hombre! ¡Lo odio, lo odio, lo odio! Si extraditan a mi hermano, lo enviarán a las minas... y de allí no saldrá jamás. ¡Ay! ¿Puede ayudarme usted? Tiene una voz y una mirada muy dulces. Seguro que usted me entiende.

—Soy consciente de que lo van a enviar a las minas. Mire... —Y sacó un documento azul del bolsillo—. Esta es una copia de la declaración jurada que el señor Heischmann le ha entregado a la policía. En ella se proporciona mucha información sobre Karl Kravinski. No hay duda de que gran parte de ella es producto de la imaginación del señor Heischmann, pero es a él a quien van a creer, no a su hermano.

—¡Sálvelo! —le imploró una vez más.

Sabinette la cogió por las muñecas y, en la penumbra de la estancia, sus grandes ojos resplandecieron.

—¿Por qué iba a hacer algo así por su hermano?

Ella se arrastró hacia él.

—Si no lo hace por él..., hágalo por mí.

Sabinette sonrió complacido, le soltó una mano a la mujer y le acarició aquel pelo oscuro con suavidad.

—Es usted una muchacha muy guapa, Yoli —susurró—. Suponiendo que accediera a salvar a su hermano, ¿qué haría usted por mí?

—¡Lo que sea! —Se le encendieron los ojos.

—¿Lo que sea? Eso es muy inconcreto. A ver, Yoli, suponiendo que fuera tarde para que ayudara a su hermano, y me temo que lo es, ¿qué pasaría?

La mujer se apartó de él y se mantuvo en silencio un momento.

—Que mataría a Heischmann, porque ya no me importaría lo que pudiera ocurrirme.

La mujer le dio la espalda y, por los movimientos de sus hombros, Sabinette se dio cuenta de que Yoli empezaba a ser consciente de que cabía la posibilidad de que fuera a perder a su hermano. Se acercó a ella y le puso la mano en el brazo de forma afectuosa.

—Yoli, lo siento muchísimo por usted porque... porque ya ha sucedido.

La mujer se volvió de golpe y lo miró a los ojos.

—¿El qué?

—¿Es usted lo bastante fuerte para soportarlo?

La mujer asintió mientras el rostro se le quedaba aún más pálido.

—Lea. —Y Sabinette le tendió un periódico.

Karl Kravinski, arrestado a primera hora de la mañana, se había suicidado en su celda.

La mujer leyó la noticia despacio. En vez de las lágrimas que habría cabido esperar, la mujer se rio histéricamente.

—Vale, vale... —dijo al cabo de un rato y dejó caer el periódico al suelo.

Sabinette la miraba con pena.

—Voy a ayudarla a que se encuentre en una posición mejor.

La mujer movió la cabeza desdeñosamente.

—Venga, que es usted demasiado bonita para estar perdiendo la vida envuelta en sudor en esa fábrica, que más que una fábrica es un cubil. Yo también soy polaco —el resto de la frase se la dijo en su idioma natal— y quiero ayudarla.

En aquella voz suave estaba la música que incita y la mujer cogió con violencia a Sabinette por el brazo.

—¡Sí, ayúdeme! —susurró antes de echarse a reír de forma poco natural—. Ayúdeme a que le haga pagar a Heischmann por lo que ha hecho...

—Y luego...

—Lo que sea —respondió ella con el aliento entrecortado.

Sabinette la abrazó.

—Voy a ayudarla. —En cuanto pronunció aquellas palabras, los ojos le brillaron aún más.

II

Grimshaw o Heischmann observaba desde la ventana de su despacho cómo la horda de esclavos abandonaba el edificio. El trabajo del día estaba hecho, las máquinas de la nave de techo bajo estaban en silencio y una película de polvo iba asentándose en las pilas de prendas dispuestas en el enorme mostrador que había en medio de la estancia. Un encargado de segunda se acercó a la puerta del despacho y, sumisamente, le presentó las llaves de la verja. Heischmann, sin levantar la vista de las cartas que tenía en las manos, le dijo:

—Yoli, la polaca, no ha venido hoy.

El encargado de segunda se encogió de hombros. ¿Qué más le daba a él una mujer más o menos?

—Mañana, encárguese del asunto —le ordenó Heischmann—. Hay que hacerla entrar en razón.

Una hora después casi había acabado con las cartas. El baile de máscaras que iba a celebrar en el jardín de su casa empezaba a medianoche. Se recostó en la butaca y entornó los ojos. El despacho estaba en silencio y daba la sensación de que la única luz volviera más profundas las sombras de las esquinas. Algo salió de la oscuridad de repente, justo por detrás de la butaca de Heischmann. El patrón miró por el espejito circular que tenía en el escritorio y vio una mano delgada levantada; y a la luz de la lámpara de gas, el arma que empuñaba parecía una daga. Heischmann era una persona con nervios de acero y no se apartó hasta que vio que el arma empezaba a descender. Acto seguido se movió con tal celeridad que estaba sujetando la delgada muñeca antes de que el grito de rabia se hubiera congelado en los labios de Yoli. Heischmann le retorció la muñeca y la mujer gritó de dolor. Las largas tijeras repiquetearon al caer al suelo. La mujer se retorció y se liberó de Heischmann, que se movió hacia la derecha justo cuando Yoli se arrodillaba para coger las tijeras. Heischmann saltó hacia ella, pero tropezó con un taburete y cayó sobre la mujer con todo su peso. Se oyó un quejido leve, no gran cosa. Heischmann se puso de pie como pudo y buscó a tientas la pared y se apoyó en ella. Le costaba respirar. La mujer, en el suelo, no se movía. La leve luz de la lámpara de gas brillaba en el pecho de ella y destacaba el anillo de acero que Heischmann enseguida reconoció como una de las agarraderas de las tijeras. Se acercó a ella, se inclinó...

—¡En el corazón! —musitó. Luego, susurró aterrado—: Yoli, ha sido un accidente... ¡Ha sido culpa suya!

Se puso recto... y echó a correr hacia la puerta. A medio camino se tapó los ojos y gritó como una mujer presa del pánico.

La puerta estaba abierta y Cyrus Sabinette se apoyaba en la jamba.

—He llamado varias veces —comentó Sabinette en voz baja, haciendo como que no era consciente de la agitación de Heischmann— y, al final, me he tomado la libertad de entrar. —Luego, se fijó en la forma que yacía en el suelo y miró a Heischmann inquisitivamente—. ¿Se ha desmayado?

Heischmann retorcía las puntas de su chaqueta.

—No, ha venido a quejarse —dijo con voz entrecortada—, por el trabajo, y la he despedido. Es una de mis costureras.

—¡Ah!, claro, se ha suicidado... —comentó Sabinette tras acercarse a la mujer—. Cómo les gusta el dramatismo a estas pobres criaturas. Creo que la conozco...

Heischmann se balanceaba adelante y atrás. Aquella situación le resultaba irreal. Sabinette miró hacia atrás por encima del hombro y sonrió al sujeto miserable que tenía delante.

—Siéntese —le dijo a Heischmann casi con ternura—. No va a ser difícil explicarle esto a la policía.

Heischmann se dejó caer en una butaca. Había perdido toda la fuerza. Era como si sus músculos se hubieran vuelto débiles y flácidos.

—Espere aquí un momento —le dijo Sabinette—, que le voy a servir un brandi. Parece que esté usted muerto de miedo.

—No se vaya... Espere un momento —le rogó Heischmann—. Tengo brandi en ese armarito que hay a la altura de su cabeza.

Sabinette se dio la vuelta, abrió el armarito y sacó la botella. Sirvió una copa y se acercó a Heischmann, que seguía en la butaca.

—Tome —le susurró antes de llevar el borde de la copa a los temblorosos labios del patrón de la fábrica.

Heischmann dio un trago largo y apoyó la cabeza en el respaldo.

—Estará usted bien en unos minutos —le dijo Sabinette—. Cierre los ojos e intente olvidar este... este suceso.

Heischmann fue consciente de pronto de una dichosa paz. Fue como si, poco a poco, sus sentidos se adormilaran y la imagen de Sabinette se mezclase con la forma del suelo...

Cuando Heischmann volvió a abrir los ojos, estaba tumbado en su cama, en su casa. El mayordomo estaba en el dormitorio, eligiendo y preparando en silencio la ropa con la que se iba a vestir su señor. Heischmann se quedó un momento observándolo. Entonces, le preguntó:

—Merrit, ¿cuánto tiempo llevo en la cama?

El mayordomo se acercó de inmediato.

—Desde primera hora de la tarde, señor. Volvió usted en compañía de un caballero que no recuerdo haber visto anteriormente. Me dijo que se había desmayado usted en el club y añadió que se había debido al calor.

—¡Desde primera hora de la tarde! —Heischmann pronunció las palabras como si fuera incapaz de creérselo—. ¿Está seguro de eso, Merrit?

—Segurísimo, señor. Llevo en el dormitorio desde entonces.

Heischmann oyó música abajo, en el jardín, y se sentó en la cama. Merrit retiró la cortina y miró al jardín.

—Todo está preparado, señor —comentó suavemente—. Los invitados no tardarán en llegar. —Y le señaló la ropa que le había preparado.

Heischmann se levantó y empezó a vestirse.

En el jardín, una miríada de lámparas incandescentes colgaba de árbol en árbol, linternas chinas alumbraban el corazón de los arbustos y la música de la orquesta flotaba por encima del murmullo de los invitados. Los disfraces de los bailarines eran de todos los colores y estilos, y todos ellos destacaban en algo por su originalidad, desde un gnomo con alas de fuego a la maravillosa representación de un ópalo viviente. Heischmann, claro está, se había puesto un chaqué y no llevaba máscara. La cena de medianoche se sirvió en el jardín y los invitados iban de aquí para allá por una avenida de linternas que no dejaban de balancearse. *Lady* Recker había asistido y, con confianza, se acercó al anfitrión. Una vez a su lado, se levantó la máscara y se inclinó hacia él.

—¡Ay, querido —empezó a decirle entre risas—, aunque es usted conocido por superarse cada vez, ni en sueños se nos habría ocurrido que sería esto tan maravilloso!

Heischmann le apretó la mano ligeramente.

—Siempre ha sido usted generosa, *lady* Recker —murmuró—. Lo único que espero es que no falte de nada. No se espera de un solterón que...

La mujer le cerró la boca con el abanico.

—¡Chist! —Y se le acercó un poco más—. Quiero presentarle a la muchacha más dulce que ha conocido.

Lady Recker se volvió y con el abanico le hizo un gesto a una muchacha esbelta que iba vestida de trovador, una muchacha cuyos ojos resaltaban tras una máscara del color de las llamas y que, cuando lo miró, fue como si le mirase directamente a lo más profundo del corazón.

—Señorita, le presento a nuestro encantador anfitrión —dijo *lady* Recker entre susurros.

Heischmann respiró hondo y tomó la mano blanca que la muchacha le tendía.

—Está usted helada —le dijo mientras se llevaba la mano a los labios.

—Qué galante —murmuró la muchacha antes de sentarse al lado de Heischmann.

Al rato, la pareja salió a bailar. A Heischmann le latía el corazón a toda velocidad y la sangre le recorría el cuerpo a la carrera. La música se aceleró y los pies de la muchacha se deslizaban por el césped como si, de hecho, no llegara a tocarlo. Era como si ella lo dirigiera. La sonrisa de los labios rosados creció por debajo de la máscara, sugerente, y Heischmann se sintió tan entusiasmado que incluso su cerebro se puso a bailar.

—¡Preciosa! —susurró extasiado mientras ella iba abriéndose camino entre los demás bailarines y lo llevaba a una esquina del jardín—. ¡Baila usted como un ángel!

—¡Un ángel! —repitió ella y abanicó la cara enrojecida de él.

La música cesó, pero ella siguió bailando por el sendero que enmarcaba el jardín hasta llegar a los arbustos.

—Tenemos que volver —dijo Heischmann suspirando—. Tenemos... Aunque... aunque podría seguir así toda la vida.

—Toda la vida... y toda la eternidad —comentó ella y se rio—. ¿Está usted cansado...? ¡No, no haga eso! —le dijo la muchacha cuando él intentó levantarle la máscara—. Enseguida descansaremos.

—Descansar... —murmuró él.

De pronto, las luces del jardín ya no se veían y las voces de los invitados no se oían.

—Descanse aquí —dijo ella, que se zafó de él con un movimiento rápido y se tumbó en la hierba a sus pies.

Él se tumbó a su lado. Era como si los matorrales que los rodeaban se hubieran acercado a la pareja para esconderla de las miradas curiosas.

—Tengo que volver —dijo él como en una ensoñación, pero no se movió.

Le pasó uno de sus blancos brazos por detrás del cuello y se inclinó sobre él como si estuviera a punto de besarle.

—Cierre los ojos —le susurró la muchacha.

El corazón de él se aceleró ante la perspectiva de recibir el beso ansiado, pero abrió los ojos un segundo después de haberlos cerrado y el horror se coló en ellos. La muchacha se había quitado la máscara y... ¡se trataba de Yoli, la polaca, que lo miraba fijamente! Heischmann intentó gritar, pero era incapaz de abrir la boca. Intentó mover los brazos, ponerse de pie, pero no tenía fuerzas. Alcanzó a ver el destello del arma que ella levantaba por encima de su cabeza y por detrás de ella vio la alta y siniestra figura de Cyrus Sabinette.

Dijeron que fue un suicidio... ¡Ay, si supieran la verdad!

LUMLEY DEAKIN

*L*umley Deakin es otro gran misterio. Lumley —doy por hecho que se trata de un hombre por la naturaleza de sus historias— salió de la nada y provocó una gran conmoción entre los lectores de las revistas de ficción publicadas por la editorial Cassell durante la Primera Guerra Mundial —*Cassell's Magazine, The Story-Teller* y, en particular, *The New Magazine*—, que publicó su serie de relatos *Behind the Door*, protagonizados por el misterioso Cyrus Sabinette. El editor reveló que había recibido muchísima correspondencia en relación con aquellas historias, pero no proporcionó ningún detalle del escritor, que desapareció tan rápido como había aparecido, después de dos años y diecisiete relatos y una historia retrasada durante mucho tiempo y que acabó publicándose en 1923 —que sospecho que había quedado olvidada en el inventario—. Todas sus historias eran de naturaleza inusual, pero no todas eran manifiestamente sobrenaturales. ¡La siguiente es una de las más evidentes!

LOS SIGILOSOS ESPÍRITUS

de Philippa Forest

*T*anto Carwell como yo evitamos siempre hablar de este incidente porque, a diferencia de la mayoría de los problemas a los que nos hemos enfrentado juntos, este acabó de forma desastrosa. Y aun así..., ¡no lo sé!, si pudiéramos tener la versión de Mary quizá... Pero bueno, no voy a seguir, que estoy empezando el relato por el final.

Todo empezó un día de agosto, tras una larga caminata por Somerset. Carwell y yo estábamos de vacaciones. Yo ya había viajado por allí y me obsesionaba el recuerdo de una posada que había por la zona y que, supuestamente, estaba «a la vuelta de la esquina». No recordaba ni su nombre ni nada de ella, excepto que era «perfecta»: ventanas con celosía, un cartel que se balanceaba, el tejado de paja, un gran roble que le daba sombra ¡y un estanque con patos!

—Y una posadera rapaz y camas en las que resulta imposible dormir. ¡Conozco bien esas posadas! —añadió Carwell molesto—. Si no damos con ella en los próximos diez minutos, yo desde luego pienso volver a Redthorne. Llevamos recorridos treinta y cinco kilómetros en el día de hoy ¡y ya no puedo más! ¡Recuerde que sus piernas son una generación más joven que las mías, Wilton!

Un aldeano pasó justo en ese momento y lo saludé y le pregunté por la posada.

—¡Ah, sí!, se *refié usté* a The Green Dragon, *que'stá* en Chigley Highfield —respondió tras cavilar unos instantes—. Sigan *hasta'l* final *de'sta* carretera y cojan a la derecha. Caminen algo menos *d'un* kilómetro y darán con ella.

Y así lo hicimos y Carwell admitió al llegar que era tal y como se la había descrito, al menos, por fuera.

En cuestión de diez minutos estábamos reconociendo animadamente que el interior era digno del pintoresco exterior. Es cierto que los enormes catres de plumas de los dormitorios que nos asignaron y a los que subimos para asearnos —algo que necesitábamos como agua de mayo— no eran las camas en las que uno habría elegido descansar en una calurosa noche de agosto, pero —tal y como le señalé a Carwell— los colchones de primavera habrían tenido tan poco sentido en aquellas habitaciones oscuras de techo bajo como la luz eléctrica en la cueva de un eremita.

—Hemos vuelto a los días de Dickens y, a juzgar por el delicioso aroma que me llega de la cocina, vamos a disfrutar de ese estupendo recibimiento que el escritor nos dio a entender que era común en aquel tiempo. ¡Jamón, querido amigo! —Olfateé el aire extasiado—.

Jamón y huevos... y pan casero y mermelada... ¡si no he perdido el sentido del olfato!

Descubrimos que la dueña encajaba allí a la perfección. Era ancha de hombros y tenía el pecho generoso y el pelo suave y oscuro, y unos ojos que chispeaban, y su diligencia en que tomáramos «un buen té» convirtió aquella comida suculenta en la fiesta de bienvenida que se le hace a un escolar en su vuelta a casa. Cuando por fin nos declaramos absolutamente incapaces de ingerir ni una sola gota o miga más, nos preguntó cuánto tiempo íbamos a quedarnos.

—Si dependiera de mí..., ¡el resto de la vida! —respondí entusiasmado.

Una carcajada potente y lenta fue ascendiendo desde el amplio pecho que la mujer cubría con la pechera de su blanco delantal.

—¡Bueno, bueno, no saben cuánto *m'alegro d'oír* eso! —comentó arrastrando las palabras—. Eso *'emuestra c'han disfrutao* la comida y la verdad es que *tie'n ustés* mejor *aspeto*. Mary, ya *pue's* venir a limpiar, que los caballeros van a fumar.

Mary llegó de inmediato y empezó a recoger la mesa.

La joven me interesó desde el primer momento, si bien no sé exactamente por qué, dado que no había nada que me atrajese físicamente de ella. Se trataba de una muchacha baja y un tanto rechoncha de unos veinte años, con el pelo rubio y ralo y unos enormes ojos azules que no dejaban de titilar, lo que le daba un aspecto nervioso a aquella cara de color amarillo pálido. Su única belleza estaba en las manos, que eran pequeñas y tenían una forma preciosa, aunque ásperas por el trabajo. A pesar de todo, había algo en ella que me llamaba la atención; algo que iba más allá de aquellos ojos infantiles y atemorizados... Y también a Carwell, a juzgar por la mirada rápida e interesada que le lanzó la muchacha en cuanto apareció. No era su inteligencia, ni mucho menos; de hecho, podría decirse que la joven era prácticamente estúpida, como no tardamos en descubrir, y tan nerviosa que no podía tocar nada como la porcelana y similares sin que los objetos traqueteasen como castañuelas. No sé, puede que se debiera al aire congraciador de... La única palabra que se me ocurre para describirlo es «maternidad» —si bien me resulta incongruente dadas nuestras respectivas edades— que nos rodeaba en aquella atmósfera de buena voluntad.

No llevábamos allí ni dos días cuando descubrimos que no era necesario que nos preguntáramos si podíamos pedirle a Mary una taza de té o cualquier otra cosa en horas no autorizadas. La joven sonreía como si le hubieras hecho un favor en vez de habérselo pedido; y aunque era posible que la mitad del té llegara derramado en el platillo, desde luego siempre estaba fuerte y bien caliente. Y era igual cuando servía la mesa. Casi todo lo que tocaba se le caía, se le derramaba o traqueteaba, pero los platos que traía estaban tremendamente limpios y la plata brillante y reluciente, y todo llegaba siempre a la temperatura idónea.

Ya el primer día nos dimos cuenta de que allí íbamos a estar en la gloria y a la mañana siguiente mandé un telegrama pidiendo mis útiles de pintura y anuncié mi intención de pasar allí lo que me quedaba de vacaciones.

—Y si sabe usted lo que es bueno, Peter, hará lo mismo —le aconsejé a Carwell—. Y no me cabe duda de que, si busca, no tardará en encontrar algún túmulo o el altar de algún druida o una cueva o lo que sea para jugar un poco. Esta mañana he visto un montículo prometedor en un campo.

—Es probable que sean los nabos del invierno —comentó como sin interés—, pero está bien, me quedaré mientras haga este tiempo. Siempre puedo entretenerme con una caña de pescar, ¡aunque no pesque nada!

No me sorprendió lo más mínimo que Mary enseguida sintiera preferencia por Carwell. El hombre tiene un extraordinario efecto calmante en aquellos que padecen de los nervios y su amabilidad y consideración son tan proverbiales entre sus amigos como lo son su gran conocimiento y experiencia entre los estudiantes del ocultismo.

—Me gustaría escuchar la historia de la infancia de esa muchacha —comentó una noche después de que Mary nos hubiera traído el café al terminar la cena—. O la han atemorizado terriblemente o...

Se quedó callado porque la señora Raplin llegó para

saber si la cena había sido de nuestro agrado y si nos la habían servido «*adecua'mente* y *calente*».

—Ha sido perfecta en todos los aspectos en los que puede ser perfecta una cena —le respondió Carwell—. Tiene usted un tesoro con esa chica, señora Raplin. El único problema es su nerviosismo. ¿Alguna vez ha tenido un accidente o sufrió algún susto cuando era pequeña?

—No, que yo sepa, y *deb'ría sabe'lo*, porque es mi sobrina y la conozco desde *que'ra* así de pequeña. —E indicó un tamaño con las manos que llevaba a pensar que, de pequeña, Mary bien podría haber cabido en una de las ollas de peltre que decoraban el aparador—. *P'ro* siempre ha *sío* una torpona *aterrá'sta'e* su propia sombra, como se suele decir. Aunque no sé si eso de su hábito... ¡Eh, John, ven que quiero hablar contigo! ¡No tengas tanta prisa, *que'n'tavía* no son ni y media!

La señora Raplin se lanzó hacia la puerta con una increíble agilidad para interceptar al mozo de cuadra, que se preparaba rápidamente para marcharse.

Estuve pensando durante unos minutos en cuál podría ser ese hábito de Mary al que se había referido la posadera, pero me dio la sensación de que Carwell no tenía ningún interés en hablar del tema, así que lo dejé estar.

No sé si mi constante contacto con Carwell, que era experto en el umbral entre este mundo y el otro, aumentó las habilidades psíquicas que yo pudiera tener, pero lo que está claro es que esa noche —una noche que resultó fatídica al menos para uno de los que vivían en

The Green Dragon— me sentí preocupado y perturbado. Puede que se debiera a las condiciones atmosféricas, qué duda cabe, dado que hacía un calor abominable y no corría ni un poco de aire, además de lo presente que resultaba la típica opresión anterior a una fuerte tormenta. Di vueltas y más vueltas y por fin decidí levantarme, me puse algo de ropa y me asomé a la ventana para respirar aire fresco.

Debía de soplar un viento fuerte sobre nosotros porque había un banco de nubes densas y bajas que corrían desde el sur e iban ocultando la luna, que estaba menguando y colgaba en el cielo como un enorme plato dorado al que un gigante le hubiera dado un buen mordisco. Había llovido algo al anochecer, pero era evidente que lo que se avecinaba era mucho más drástico. Desde lo alto nos llegó un profundo rugido de advertencia y las hojas del roble susurraron de forma misteriosa, como si las vidas que se escondían en el árbol se estuvieran apretando unas contra otras para protegerse. Cayeron unas pocas gotas gordas que resonaron en los charcos que había dejado la lluvia anterior y me estiré un poco más para que me cayeran en el cuello y en las manos. Al hacerlo, vi una figura que corría por la carretera hacia la posada; una figura que desapareció tras doblar una de las esquinas de The Green Dragon. Acto seguido, la tormenta empezó con un terrible estruendo y dio la sensación de que se soltara un muelle entre las nubes porque, de inmediato, empezó a caer una tupida cortina de agua.

Ver que el alféizar se encharcaba me recordó que había dejado un lienzo cerca de la ventana abierta de la salita del café. El cuadro se estropearía si se mojaba, algo que, sin duda, sucedería si no lo movía de allí.

Había llegado a las escaleras para ir a rescatar el lienzo cuando oí unas pisadas suaves procedentes de la cocina y que hicieron que me detuviera. The Green Dragon se sumía en un sueño profundo, como muy tarde, a las once en punto. ¿Quién podía andar rondando a aquella hora? Escudriñé en la oscuridad y vi una figura de corta estatura que se zafaba de las sombras y empezaba a subir las escaleras.

—¿Quién va? —inquirí con aspereza.

La única respuesta que obtuve fue la de las pisadas. Me aferré a la barandilla. He de reconocer que me sentía nervioso. Un instante después, la figura pasó corriendo por mi lado. En ese momento, tosió, nerviosa, y yo me incliné sobre la barandilla riéndome de mí mismo para mis adentros. ¡Pero si era Mary!

Sin hacer ruido apenas, la muchacha siguió por el pasillo en dirección a su dormitorio. Me quedé esperando a oír el ligero clic de la puerta al cerrarse. A continuación bajé las escaleras, retiré el lienzo, volví a mi dormitorio, me desvestí y no tardé en quedarme dormido como un tronco a pesar del infierno que la tormenta tenía desatado unos metros por encima de mi cabeza.

—Parece usted cansada, Mary —le dije a la mañana siguiente cuando entró en la salita del café con el desayuno—, ¡y no me extraña!

Mary ahogó un gritito y el plato con los huevos y el beicon a punto estuvo de caérsele de las manos. Le ayudé con él justo a tiempo y lo dejé en la mesa.

—¿A... a qué se refiere, señor?

Sacudí la cabeza portentosamente.

—A que la vi anoche, a las doce y media. ¡Menudas horas tan intempestivas para andar por ahí!

Ni se me había pasado por la cabeza que mi broma pudiera asustarla. Ese tipo de aventuras nocturnas las asociaría uno con muchachas que nada tienen que ver con Mary. De haberlo pensado bien, sin duda habría llegado a la conclusión de que había ido a visitar a algunos parientes o amigos al pueblo, que estaba a unos tres kilómetros. Me quedé muy sorprendido cuando su pálido rostro se volvió de un profundo y angustiado carmesí.

—¿Yo? —Jadeó sin aliento—. *P'ro si m'acosté* a las diez y ni *m'he movío* hasta las seis... ¡Se lo juro por la Biblia!

Después, se tapó la cara con las manos y fue presa de un ataque de llanto con el que casi se asfixia y que hizo que me sintiera como un bruto.

—¡Ay, Mary, por amor de Dios, no llore! ¡Por Dios, querida niña, no llore! —le imploré terriblemente angustiado.

—Le juro... l-le juro que yo no...

—¡Por supuesto que no, solo era una broma! —mentí a toda prisa—. ¡Por amor de Dios, pare! ¡Mire, que va a llegar el señor Carwell y me dará un puñetazo como vea que la he afligido, aunque me lo tendría merecido! ¡Pare, buena muchacha! ¡Que era broma, de verdad!

La muchacha dejó de llorar tan de repente como había empezado y se quedó mirando la mesa como ausente durante uno o dos minutos. Entonces me lanzó una mirada que parecía que llegara de las suelas de sus viejas botas y cambió de posición el salero, como si, por alguna razón, no hubiera estado bien puesto.

—Siento *ha'er sío* tan tonta, señor —se disculpó con voz temblorosa—, *p'ro's* que *m'ha'sustao usté*... ¿*Qué's* eso?

Carwell entró justo cuando unos ruidosos cascos se detenían en la puerta de la posada. John, que volvía en un enorme caballo de tiro, desmontó de un salto gritando:

—¡Señora! ¡Señora! ¡Mary! ¿*Ande* estáis? ¡Traigo noticias! ¡Traigo noticias! ¡A ese villano de Hodgson *l'han encontrao asesinao* en la cama! ¡*Asfixiao, estrangulao* o algo!

La señora Raplin soltó un chillido estridente y un clamor de voces empezó a hacer preguntas. Carwell y yo nos asomamos a la ventana, pero antes de que hubiéramos captado apenas por un momento al excitado grupo que había junto a la puerta, un golpe fuerte y sordo llamó nuestra atención en la salita del café. Mary se había desmayado y yacía en el suelo.

Por alguna razón que no intenté dilucidar, no me sorprendió verla caminando despacio por los campos en dirección a nosotros esa misma tarde. Yo estaba pintando y Carwell estaba lanzando al río guijarros y matas de hierba. Habíamos estado hablando sin verdadero interés de la última composición de Quilter y del ingenioso orgullo que había demostrado sentir por su hijo recién nacido.

Por decisión mutua habíamos resuelto no hablar de lo que había sucedido por la mañana. Ambos nos habíamos quedado hasta que Mary se había «recuperao», tal y como había dicho la señora Raplin, y la mirada de terror furtivo en la cara de la joven al recobrar la conciencia, junto con la agitación que había mostrado al descubrir que tenía yo conocimiento de su escapada de la noche anterior, me habían provocado cierta incomodidad. Los pensamientos —demasiado indeterminados para llamarlos sospechas— me zumbaban en la cabeza y me picoteaban sin descanso el subconsciente con la enloquecedora persistencia de un tábano, pero yo me esforzaba una y otra vez por no darles forma.

Carwell también estaba incómodo, si bien no me lo dejaba ver más allá de que apreciara en él un ligero desasosiego. Era evidente que estaba esperando a la muchacha porque, cuando apareció, dijo aliviado:

—¡Entonces viene! ¡Estupendo!

Cuando Mary se detuvo a nuestro lado me horrorizaron su blancura cadavérica y las sombras azul oscuro que tenía bajo los ojos.

—Venga, siéntese —le dije mientras empujaba mi taburete de campo en dirección a ella—. Parece que esté usted tremendamente cansada.

La muchacha se sentó sin decir palabra y dejó las manos sobre el regazo como una niña cansada. Miraba atentamente a Carwell. Él la miraba a ella una y otra vez.

—Cuéntemelo todo —acabó diciéndole este con un tono de voz amable.

—*Pa'* eso he *venío* —respondió ella—. Me volveré loca si no *l'hago*, aunque no sé qué van a pensar *ustés* de mí... *P'ro* eso tampoco *m'importa* ya. —De súbito, se volvió hacia mí—. ¿Qué *l'ha* hecho decir eso *'sta* mañana, señor? *No'staba usté* bromeando, lo sé. ¿Qué *l'ha* hecho decirlo?

Dudé unos instantes, al fin y al cabo, en el estado en el que se encontraba, una impresión —si es que se la provocaba— podía ser más beneficiosa que contraproducente. Asintió poco a poco cuando terminé mi historia.

—Recuerdo haber *entrao* y que caía de repente una tromba *d'agua*. Llegué a la casa justo a tiempo, pero *n'oí* a nadie.

—Iba usted sonámbula —la interrumpió Carwell con autoridad.

—Sí, señor.

Mary lo miró inexpresiva durante cosa de un minuto y, entonces, se le enrojecieron las mejillas y empezó a abrir y cerrar las manos con intensidad febril. De pronto, se le desbordaron las compuertas del discurso.

—He *sío* sonámbula desde *que'ra* chica, *p'ro* pensaba que si ya fuera creciendo se me pasaría. ¡Nadie sabrá nunca lo que *m'ha tocao* vivir! No sé si sería Dios quien *m'hizo* así, *p'ro* si fue Él, mucha ira debía albergar contra mí por algo... Cuando era *mu'* chiquitita solía ver caras y oír voces que nadie más veía ni oía, ¡y, ay, qué miedo *m'hacían* pasar! Hubo uno o dos años... ¡que fueron un infierno!

»*To'l* mundo pensaba que estaba *poseía* por el diablo... y no es de extrañar. *M'apartaban* como si tuviese la peste, la viruela o algo así. No podía jugar con los demás, nadie dejaba que cuidara de sus bebés... ¡y, ay, cómo me gustan los bebés!, y *to's* menos mi madre y una o dos personas más *m'hacían* burla y me chillaban: "¡Bruja!"...

Pobre Mary, era fácil creer sus palabras.

—Pero ¿por qué? —le interrumpí indignado.

—Porque pasaban cosas cuando *yo'staba* cerca. *Se'scolgaban* los cuadros de la pared y las jarras se caían de la mesa y *s'hacían* añicos *contra'l* suelo... o entraban piedras por las ventanas... Una vez un señor *mu'* inteligente vino de Londres para observarme... ¡Ay, *p'ro* cuántas veces deseé morirme *cuand'era* chica! Porque yo no *quería'cer na' de'so*. Yo no ganaba *na'*. Yo quería ser como los demás y jugar y reír y cuidar de los chiquitines y, cuando *m'iba* a la cama..., poder dormir. Porque *m'atormentaban* los sueños, ¡sueños bestiales, horripilantes! Y *m'ataban* a la cama porque me levantaba y vagaba por la casa... La cosa mejoró un poco a medida que crecía... y tenía *l'esperanza* de librarme *d'ello*, *p'ro* anoche soñé de nuevo... ¡Ay, Dios mío!

Escondió la cara entre las manos y se estremeció violentamente.

Carwell le agarró con firmeza una de las muñecas y, un minuto después, la muchacha levantó la vista y siguió con su monólogo:

—*M'había* ido a la cama *mu'* cansada y no tardé en dormirme. Me pareció *c'había pasao una'ternidá*, pero supongo que *n'había pasao* tanto... y un susurro *m'espertó*: «Levanta y ve *a'nde* está él», me dijo. Y me levanté y me vestí sabiendo en *to'* momento que estaba *dormía*, no sé si *m'entienden*. Sabía que si alguien me veía me detendría, así que me moví tan en silencio como un ratoncillo, porque tenía la sensación de que, si *no'bedecía*, sería yo la que muriese. Enseguida *estaba'n* la carretera, *p'ro* cuando supe *a'ónde* tenía que ir y quién era él... y supe también quién *m'estaba* guiando...

»*Ustés nunca'n oío* hablar de Hodgson, señores, *p'ro* por aquí *to's* lo conocían bien. Era una bestia cruel, malhumorada, que dio una vida de perros a su esposa hasta el día en que murió la pobre, hace unos meses. *To's* creían *c'había intentao* deshacerse *d'ella* varias veces a raíz de *que'lla* recibiera un dinero de su primo... y *pue* que la matara al final... Y cuando Hodgson se cayó *d'un* carro *d'heno* hace unos meses y se quedó cojo, pocos *s'apiadaron* de él. "*Le'stá* bien *empleao*", decían *to's*, y algunos incluso decían *c'había sío* ella la *c'había* hecho aquello... Y aunque los pobres no queremos ver a nuestros vecinos en apuros, a él no *l'habría* ido *na'* bien de no ser por una sobrina que llegó *pa'hacerse* cargo *d'él*. Hodgson vivía en la casita de campo *c'hay* al otro *lao* del bosque, cerca de la cantera, un sitio *mu* solitario... y *apartao* del camino. Pues era a él a quien tenía que ir a ver...

»Había una luz *brillando'n* la ventana y soltó: "¡Entra, quienquiera que seas!", cuando llamé a la puerta. Se rio cuando pasé y me quedé mirándolo. Solo los cielos saben para qué pensó *c'había* ido allí, *p'ro* habría sido un animal si se *l'hubiera* puesto en la cabeza serlo..., ¡lo juro!

La muchacha hizo una pausa y las mejillas se le enrojecieron aún más.

—¿Estaba solo? ¿Dónde estaba su sobrina? —le preguntó Carwell.

—*S'había* ido a su casa a pasar la noche. Nunca se *que'a* más allá *d'as* nueve en punto. Estaba claro que *s'había* ido la noche anterior y que *s'había tenío c'hacer* la cena él, porque en una mesita, junto a la cama, había un cuenco con harina y leche, y un hornillo de parafina ardía y hacía que la casa oliera peor de lo normal... ¡y *eso's* mucho decir! ¡Porque Ellen es sucia e irresponsable, eso *to'l* mundo lo sabe!

»Bueno, pues cerré la puerta y *m'acerqué* a la cama. No sé *c'habría estao* haciendo el hombre, *p'ro* parte de la harina y la leche se *l'habían caío* al suelo.

»"¿*T'hago* la cena?", le pregunté, *p'ro* se rio *de'sa* manera desagradable suya.

»"Claro que sí. Y te pagaré con un besito... si es lo que quieres", y añadió algo más que no recuerdo, *p'ro* cuando lo dijo... supe de inmediato *qu'era* lo que tenía *c'hacer*...

»Le preparé unas gachas y le tosté un poco de pan en el fuego, y luego lo puse *to'* en una bandeja y se lo llevé. Él había *estao tumbao*, *callao*, mientras yo le preparaba aquello... y me di cuenta del porqué cuando *m'acerqué* a la cama y lo miré. Estaba *asustao*, ¡tanto que *m'asustó* a mí! Estaba *tumbao d'espaldas* con los ojos *mu'* abiertos y la boca *mu'* abierta también.

»"¿Quién eres?", me preguntó en susurros. "¿Qué vas a hacerme? *Cuand'has entrao* parecías Mary Amherst, la de The Green Dragon, *p'ro* ahora eres como... ¿Susan? Tu cara es más joven, *p'ro* tus ojos son como los suyos y tus manos..., ¡míratelas! ¿Qué les has hecho? ¡Esas no son las manos *d'una* camarera joven! ¡Son viejas y grandes... y *'stán arrugás*! ¡Son como las de Susan! ¿Qué vas a hacerme?".

»Empezó susurrando, *p'ro* acabó chillando como un *descosío* y *s'encogió* en la cama, contra la pared, intentando apartarme de él en *to'* momento... Yo dejé a un *lao* la bandeja y, al hacerlo, me miré las manos y... y vi que tenía razón. Aquellas no eran las manos *d'una* camarera joven, suaves y pequeñas... como las que tengo ahora.

Se las puso delante y se las observó con curiosidad

durante un momento, pero enseguida volvió a cogérselas con aquel nerviosismo suyo. Ni Carwell ni yo decíamos una palabra. La historia de la muchacha era tan horripilante que me tenía frío y paralizado. Sabía lo que estaba por venir y habría dado prácticamente cuanto tenía por impedir que siguiera hablando, pero me resultaba imposible hacerlo.

—Eran grandes y nudosas... y fuertes como las *d'un* hombre. Me sentía... contenta. *Nunc'había odiao na'n* la vida como odiaba a aquel ser *encogío* que no dejaba de lloriquear en la cama... Cogí el cojín *c'había* en una silla, *m'acerqué* a la cama y *m'incliné* sobre él.

»"¡Susan!", gritaba él. "¡Susan..., no! ¡Nunca *quis'hacerte* daño, Susan!".

»"*Esa's l'última* mentira que cuentas *'n'este* mundo, Dick Hodgson!", dije yo..., y así fue.

La muchacha se calló de golpe.

Miré la caja con mis útiles de pintura, que estaba sobre la hierba, junto al plácido río y a los temblones alisos, y me pregunté si no estaría teniendo una terrible pesadilla, igual que Mary Amherst la noche anterior.

—¿Y entonces se despertó? —le preguntó Carwell.

—No he *llegao a'espertarme hast'esta* mañana a las seis. Eso ya se lo he dicho al señor Wilton, ¿verdad, señor? Cuando *l'he llevao* el desayuno. No, una vez que Hodgson se quedó... quieto, salí de su casa, cerré la puerta y volví a la posada. El señor Wilton dice que me vio subir las escaleras.

Carwell estaba sentado y en silencio. A mí me costaba esfuerzo controlarme. *Algo* había que decir para reconfortar a la pobre muchacha y, si para eso tenía que mentir..., bueno, pues mentiría.

—No haga usted caso a lo que le he dicho, Mary. Yo vi a alguien subir las escaleras, es cierto, pero no tengo claro que fuera usted. ¡Cómo voy a estar seguro con lo oscuro que estaba! Hice una suposición y, basándome en ella, le he hecho una broma esta mañana. Usted tuvo un sueño horrible, pero solo era eso, un sueño.

Indignado, le lancé a Carwell una mirada implorante. ¿Por qué no le explicaba que había sido víctima de un extraordinario caso de transferencia de pensamiento o que había presenciado la escena con su cuerpo astral..., ¡o lo que fuera!? Él sabía cómo hacer que todo eso sonara claro y plausible. ¡A mí me lo iban a contar! No obstante, el hombre seguía allí, sentado, pensativo, con la mirada fija en el río, sin decir palabra. Decidí ser yo quien le dijera todo aquello.

—Tuvo usted un sueño inusualmente realista, nada más —repetí—. Su cerebro, que es como una lámina fotográfica lista para recibir impresiones, sencillamente grabó los pensamientos y los sentimientos de la persona que cometió el crimen y, dormida, los tradujo usted a sus experiencias personales, como si fuera usted la que lo estuviera haciendo, ¿me entiende? Eso es lo que sucedió, ¿verdad, Carwell? Yo también he tenido sueños así —inventé— y me parecieron tan reales que al despertar no sabía si habían sucedido realmente o no. Recuerdo una vez que soñé que estaba en un incendio y...

—Sí, señor, le entiendo —me interrumpió Mary—, *p'ro* es que cuando he *mirao* mis zapatos esta mañana... estaban *embarraos* y... y cuando los he *limpiao*... he visto *c'había* harina en la suela...

Un temblor nervioso hizo que la muchacha se sacudiera de la cabeza a los pies.

—Señor Carwell, ¿cree que van *a'horcarme*? Yo... yo jamás *l'haría* daño ni a un gatito...

Empezó a llorar desconsoladamente.

—No, Mary, no la van a ahorcar. Nuestros obtusos jueces tendrían que escuchar a las personas que yo les presentase y... ¡Oh, pero no llore usted más, muchacha! Ay, muchacha... A decir verdad, no es usted más culpable que yo o que el señor Wilton. No fue usted sino un instrumento ciego en las manos de alguien muchísimo más fuerte. —Su voz se fue apagando. Después de todo, su instinto había dado en el clavo con ella en un primer momento; las explicaciones científicas no iban a servir para calmar un alma que estaba sufriendo tanto.

Antes de que la muchacha se marchara, Carwell le hizo prometer que no hablaría con nadie más del asunto. Ella le aseguró que, en efecto, con nadie más lo hablaría, pero estaba claro que lo decía sin pensar. Parecía como si hubiera caído sobre ella una lasitud ensoñadora después de aquel ataque febril de confesión, y se movía como una niña aturdida.

Carwell se quedó mirándola mientras se alejaba despacio.

—Supongo que aquellos que defienden la ley a capa y espada dirían que acabamos de cometer un delito, Wilton, pero ¿está usted preparado para arrojar a esa pobre alma desorientada a los lobos? ¡Estaba claro! No creo que nadie vaya a sospechar de ella. La única pista sería la de las pisadas que salían de la casita de campo, pero la profusa lluvia de anoche tuvo que borrarlas. No obstante, nos quedaremos hasta que termine la investigación y si, por desgracia, fuera necesario ayudarla, pediré que me permitan hablar en su nombre.

—Y ¿qué diría usted, que la poseyó el espíritu de la esposa del finado y que no fue Mary, sino la mano ejecutora de una venganza tardía porque la primera se lo ordenaba? Querido Peter, ¿de verdad cree que algún jurado británico tomará siquiera en consideración sus palabras?

—Me temo que no a pesar de lo que acabo de decirle a la muchacha; que, por otro lado, es la verdad.

—¿Sospechó usted desde el principio que era una médium?

—Sí. Se cumplen en ella todas las condiciones y llevo unos días esperando que sufriera alguna crisis; esos ojos asustados y chispeantes la delataban. En cualquier caso, no imaginaba que fuera a tratarse de algo tan terrible como lo que ha sucedido. Ahora bien, cuando esta mañana se ha desmayado después de oír las noticias, me ha quedado claro que sabía algo al respecto.

—¡Espero que el desmayo no les haya hecho sospechar nada a los demás!

—No tema, por suerte para la muchacha, su reputación de «torpona *aterrá'sta'e* su propia sombra» la protegerá.

Sin prisa, empecé a recoger mis útiles de pintura. La luz era perfecta, pero no tenía ganas de trabajar. Ni tampoco de volver a la posada. ¿Sería capaz de ver las manitas de Mary llevando a cabo tareas para nosotros sin que me recordaran que habían sujetado un cojín con firmeza y sin compasión en la cara de un hombre aterrado que se retorcía hasta que... hasta que se quedó *quieto*? Sabe Dios que la compadecía desde lo más hondo del corazón, pero no quería volver a verla hasta que se me hubiera pasado un poco el miedo. Porque de nada servía pensar en marcharse; Carwell había dicho que se quedaría hasta que el asunto se resolviera.

—¿Cree que sus manos cambiaron de verdad, tal como nos ha dicho? —le pregunté a mi compañero mientras limpiaba los pinceles con indiferencia—. Ha sido un detalle tan espantoso que me cuesta creer que alguien sea capaz de inventar algo así... ¡y mucho menos una muchacha como ella!

—No me cabe duda de que cambiaron, al menos para ella y para ese miserable aterrorizado. Si es lo bastante fuerte, la sugestión puede hacernos ver reyes en los repollos.

Por fortuna, no tuvimos que hacer nada. El veredicto de la investigación fue «Asesinato por una o varias personas desconocidas» y ni un susurro llegó a conectar a Mary con el crimen.

Nos marchamos al día siguiente y, cosa de una semana después, recibí una larga carta de la señora Raplin para decirme que me enviaba unos pañuelos que me había dejado olvidados en la posada. Al final, añadía:

«Seguro que *l'apenará* saber que *emos perdío* a la pobre Mary. O se cayó al río anoche, mientras caminaba sonámbula, un hábito *c'abía tenío* desde que era una cría de pecho, o se tiró a propósito. Su *cadáber* nos llegó a casa a medianoche».

Y por eso he dicho al principio que, si pudiéramos tener la versión de Mary, quizá descubriríamos que ella no consideró que el asunto acabara de «forma desastrosa».

Cabe esperar que, en el siguiente mundo, al menos, la balanza de la Justicia esté bien equilibrada.

PHILIPPA FOREST

*E*n los años siguientes a la Primera Guerra Mundial hubo un aumento del interés en el espiritismo, un deseo natural de aquellos que habían perdido a seres queridos por dar con la manera de estar nuevamente en contacto con ellos. Las revistas se encargaron de cubrir esta necesidad de varias maneras, a veces con artículos de lo más rimbombantes y magníficos —casi siempre de *sir* Arthur Conan Doyle o de *sir* Oliver Lodge— que intentaban establecer hasta qué punto era posible hablar con los muertos y a veces con relatos de espiritismo o de ocultismo. *Pearson's Magazine* publicó varios de estos relatos, entre los que se incluía la serie *Borderland*, de Philippa Forest. La serie empezó en marzo de 1920 con *The Seven Fires*, que presentaba a Peter Carwell, un exitoso hombre de negocios que trabajaba con productos orientales, y a su «Watson», un pintor llamado Wilton. El relato hablaba de una casa seriamente afectada por la combustión espontánea. La serie acabó con *A Satyr Who Stole a Bride*, que hablaba de los espíritus de la naturaleza y se publicó en el número de junio de 1920.

Philippa Forest era el *alter ego* de la periodista Marion Holmes (1867-1943), muy activa en el movimiento sufragista. Holmes ayudó a la fundación de la Margate Pioneer Society en 1897 con la intención de enseñar derecho a las mujeres y promover la igualdad. Más tarde se estableció en Croydon y se convirtió en la presidenta de la rama local de la Unión Social y Política de las Mujeres y se unió a la Ejecutiva Nacional de la Liga por la Libertad de las Mujeres. En 1907 la sentenciaron a dos semanas de cárcel en Holloway por tomar parte en una marcha de protesta hasta la Cámara de los Comunes. Estuvo activa en el movimiento hasta después de la Primera Guerra Mundial y organizó reuniones y escribió obras para que se representaran en acontecimientos sufragistas.

Entretanto, como Philippa Forest exploró su interés por el espiritismo y la astrología. Sus propias experiencias psíquicas empezaron cuando tenía siete años. Mientras jugaba con otra niña en una vieja cabaña de Yorkshire tuvo la premonición de que algo se balanceaba por encima de ella. Un par de semanas después, un hombre se ahorcó allí.

No hay suficientes relatos de Peter Carwell como para publicar un libro, así que cayeron en el olvido..., hasta ahora.

LA CASA DE LA MALDAD NEGRA

de Eric Purves

*E*l peculiar comportamiento del cartero, que estaba en lo alto de los escalones, volvió a llamar mi atención hacia aquella casa, lúgubre y amenazadora. Aquel oficial, discreto por naturaleza, estaba con una rodilla clavada en tierra y mirando por la ranura del buzón que había en la puerta. Su bolsón de cartas estaba tirado en el suelo.

Yo, que me encontraba a los pies de las escaleras, dudé por un momento, pero aquello no era asunto mío; lo más probable era que se tratara de una carta que se había quedado atascada. Aquel cartero era un buen tipo con el que había mantenido conversaciones muy animadas, así que, si había decidido hacer algo que resultaba inusual, ¿quién era yo para entrometerme?

A punto estaba yo de reemprender mi camino —aunque de mala gana, porque aquella casa sombría, fea y con las contraventanas cerradas siempre me fascinaba— cuando el cartero, ya de pie, se volvió y me vio. De inmediato, extrañamente agitado, me llamó por mi nombre con insistencia, al tiempo que, como distraído, sin mirarme, daba un paso atrás y ojeaba la casa a toda prisa, nervioso.

Voy a confesarlo, obedecí su petición, ¡pero confundido por el miedo, la curiosidad y la emoción! Imagina cómo me sentí, entonces, cuando al llegar a su lado, en lo alto de la escalera, ni me saludó, ni se movió salvo para mirarme con miedo y señalar la ranura del buzón con mano temblorosa.

Me obligué a arrodillarme, como había hecho él, y a levantar la tapa y mirar por la ranura. Allí no había nada, aparte de la más negra oscuridad.

Furioso, molesto por la broma que me había gastado, me levanté dispuesto a enfrentarme a él. No obstante, al ver mi enfado, habló de inmediato:

—No, señor, no... no hay buzón. Lo que usted está viendo es el recibidor... y está oscuro... como la noche. Y las cartas..., ¡las cartas desaparecen, señor!

Me quedé mirándolo. En un primer momento pensé que se había vuelto loco. Pensé también que estaba borracho; pero no, aquel hombre estaba cuerdo y sobrio. Lo que estaba era terriblemente asustado. Sin embargo, me resultaba imposible comprenderle. De repente, sin previo aviso, me cogió el periódico que llevaba bajo el brazo, lo dobló a lo largo, me lo puso en la mano y, jadeando, me pidió:

—Métalo, señor. Métalo... ¡y verá lo que sucede!

Aquello era incomprensible. Me arrodillé de nuevo y empecé a meter el periódico por la ranura.

—¡Más despacio! —me gritó.

Le hice caso.

¿Cómo describir lo que sucedió? Allí estaba la puerta y allí estaba la solapa de la ranura, bajo la brillante luz de la mañana, por brumosa que hubiera salido. Y allí estaba la ancha y oblonga ranura negra cortada por el blanco y doblado *Times*. Cuando metes un periódico en un agujero llegas a ver cómo entra. Hay una parte fuera y otra parte, aún visible, dentro; puede que oscurecida, sí, pero visible. Sin embargo, a medida que iba empujando el periódico, este iba desapareciendo. Estaba la parte que quedaba por fuera, la línea del buzón y, entonces... ¡nada! ¡Oscuridad!

Sorprendido, retiré el periódico a toda prisa y este reapareció. Dudé por un segundo y, entonces, sentí todo el miedo de golpe y, con una risita, metí los dedos en la ranura, seguro de que se encontrarían con alguna tela negra para evitar las corrientes de aire. Allí no había nada.

—No, señor —me dijo el cartero—. Lo he probado una y otra vez, esto lleva pasando varios días. Ahí no hay nada. Las cartas, sencillamente...: desaparecen en la oscuridad. Es muy raro, señor. Debe de ser magia. Y ¿dónde está la gente de la casa? Nunca está abierta, las contraventanas siempre están cerradas, pero los policías que patrullan la zona dicen que creen que vive gente en ella y, desde luego, es una dirección viva, ¡porque he traído innumerables cartas!

Mientras él hablaba yo no había dejado de meter la

mano por la ranura. No miento, a pesar de que no había nada tangible que lo explicara, mi mano, igual que el periódico, desaparecía de golpe en cuanto cruzaba la línea de la puerta.

Lo inexplicable siempre da miedo. El miedo volvió a mí y se centuplicó cuando miré al cartero.

Mi casa estaba al otro lado de la plaza y resulta que había visto cómo llegaban los efectos de quienes había dado por hecho que serían los nuevos inquilinos. Y llevaba varias semanas observando la casa con curiosidad, porque, antes de que llegaran estos enseres, la casa había estado completamente vacía, como se podía ver debido a que las contraventanas siempre estaban abiertas y las persianas levantadas y las habitaciones quedaban a la vista. Ahora, en cambio, todas las contraventanas estaban cerradas y en ningún momento había visto signo de vida alguno: ni humo saliendo de la chimenea, ni botellas de leche en la puerta, fuera la hora que fuera. En otra ocasión había visto a este mismo cartero entregar cartas..., y, ahora, de pronto, este rompecabezas extraordinario.

Siguiendo un mismo impulso y haciéndonos preguntas en silencio, el cartero y yo bajamos las escaleras. No me sorprendió que mi compañero, sin mediar palabra, se echara la bolsa al hombro y reemprendiera su ruta a toda prisa. El hombre sabía que yo no tenía un trabajo al que ir y que empezaría a investigar aquello y no pararía hasta que llegara al fondo del asunto. Y también sabía que, descubriera lo que descubriera, no dejaría de informar de ello.

De espaldas a la casa perdí parte del miedo y era capaz de pensar con más claridad. De repente me resultó evidente que era imposible resolver aquel misterio sin entrar en la casa. Así que decidí subir las escaleras de nuevo y tocar el timbre.

De inmediato, como si hubiera abierto una ducha, se me vino encima una oleada de miedos irracionales que me dejaron helado. Oí el sonido metálico de la campana a lo lejos. El más puro terror me inmovilizó, pero no sucedió nada.

Por fin, después de lo que me pareció una eternidad, el silbido animado de un chico de los recados que pasaba por la calle rompió el hechizo. No volví a llamar. Decidí, de pronto y muy resuelto, personarme en la oficina del agente inmobiliario que había alquilado la casa. Resulta que no solo sabía quién era, sino que era un buen amigo mío.

De vuelta en las calles concurridas me reí de mis miedos y, de hecho, para cuando llegué a la oficina de mi amigo, casi me sentía avergonzado. Enseguida me quedó claro que no solo estaba muy interesado en mi historia, sino emocionadísimo con ella.

Me contó que le había preocupado mucho la nueva inquilina. La casa la había alquilado de la noche a la mañana y sin consideración alguna una «dama extranjera y abrumadora» que había pagado un trimestre de la renta por adelantado y había arreglado los asuntos del agua, el gas, la electricidad y todo lo demás en dos días, que era lo que había tardado en mudarse y, desde entonces —al menos por lo que mi amigo sabía, que coincidía con mis observaciones—, nadie había vuelto a verla ni a ella ni a nadie de su servicio. A Steevens —que era como se apellidaba mi amigo—, y como es natural, aquella situación lo había preocupado.

—¿Se habrá muerto? —me preguntó—. Lo cierto es que he empezado a planteármelo, aunque ni siendo así conseguiríamos explicar el misterio con el que me has venido.

Después de hablar un rato decidimos buscar consejo legal y, si era necesario, entrar en la casa. Steevens prometió que me telefonearía en cuanto hubiera tomado una decisión; también me prometió que mi amigo el cartero podría estar presente en caso de que tuviéramos que entrar.

No hace falta recapitular los pasos que dio Steevens en las horas siguientes, basta con decir que acababa de encender la pipa después de comer cuando sonó el teléfono y me pidió que fuera a su oficina de inmediato.

Cuando llegué me encontré en compañía de una serie de imponentes personajes. Entre todos los que allí estaban, además de Steevens, se encontraba Holt, el cartero, vestido ahora de paisano y bien atento, en la esquina, junto a la puerta, aunque se mostraba un poco tímido; el pequeño Meadows, el ferretero que tenía la tienda justo debajo de la oficina de Steevens; Crosby, el abogado que se ocupaba de la mayoría de los asuntos de Steevens; y, por fin, dos grandes cuerpos que bloqueaban casi toda la luz: un enorme agente de policía y un detective igual de enorme y vestido de paisano, cuya cara, de rasgos inteligentes, estaba coronada —¿a propósito?— por el más común y estúpido de los bombines.

Steevens nos presentó a todos rápidamente y resumió los puntos del problema que nos ocupaba.

La única información que me resultó nueva —y que había obtenido de sus pesquisas tras mi consulta matutina— fue que la dama que había alquilado la casa de la plaza era una notable —o quizá sea mejor decir «notoria»— ocultista —espiritualista, si lo prefieres, aunque no tenía nada que ver con la parte bondadosa del espiritualismo.

—Pero bueno —dijo Steevens en un momento dado—, no nos perdamos en detalles que podemos dejar para más tarde y salgamos ya para la casa.

Bajamos las escaleras pisando con fuerza, rodeados por el silencio de quienes saben que van a enfrentarse a lo desconocido.

Una vez en la calle, yo fui con Crosby. Me interrogó, igual que había hecho anteriormente con Holt, acerca del buzón de la puerta. Me había parecido que, siendo hijo del sentido común, era probable que aquel tema le pareciera un absurdo, y que tal vez viniera con nosotros con la esperanza de dar rienda suelta, a nuestras desconcertadas expensas, a esas carcajadas graves que lo caracterizaban. Por el contrario, lo encontré ansioso y preocupado y, mientras escuchaba mi historia, me fijé en que su rostro se ensombrecía debido al mismo miedo, al mismo pavor, que compartíamos Holt y yo.

Cuando llegamos a la plaza, el silencio pesó entre nosotros. ¿A qué nos aproximábamos? Hacía tres semanas que habían alquilado la casa.

A los pies de la escalera, dudamos. Entonces, Steevens y Meadows, que además de ferretero era cerrajero, subieron los primeros.

Steevens llamó al timbre con una mano temblorosa. Permanecimos atentos con esa expresión de quien se esfuerza por escuchar la primera nota de un toque de difuntos que se acerca. Llamó una segunda vez y una tercera, pero nadie respondió. Entonces —dado que no tenía ningún duplicado de la llave—, le hizo un gesto a Meadows para que se acercase a la puerta y la forzara.

A unas pocas personas que se habían quedado a ver en qué andábamos las hizo circular bruscamente el agente de policía, pero lo cierto es que aquel era un lugar tranquilo y que pocos pasaban por allí, así que era improbable que fuera a molestarnos una multitud. De mí he de decir que, de haber estado en una calle más transitada, es probable que me hubiera reído de los miedos que me atenazaban y que me hacían sentir frío por todo el cuerpo y debilidad en las rodillas.

Durante varios minutos —que parecieron horas— Meadows estuvo atareado con la cerradura. Entonces llegó el chirrido definitivo del mecanismo, que por fin giraba. Un instante después, el ferretero accionó el pomo y empujó suavemente la pesada puerta, y esta se movió lo suficiente para demostrar lo habilidoso que era el hombre. Luego, Meadows se hizo a un lado.

De inmediato, pálido y con evidente reticencia, Steevens adelantó la mano y abrió la puerta del todo.

El resultado fue tan espantosamente simple como difícil de describir. Allí, ante nuestros sorprendidos e incomprensivos ojos, la puerta giró hacia dentro y, a medida que lo hacía, algo se la tragaba y desaparecía en una impenetrable oscuridad total que llenaba el vano de la puerta exactamente igual que el petróleo llenaría un bidón. Donde había estado la puerta... digamos que había ahora un plano de negrura perfectamente recortado, definido como si se tratara de mármol, tan preciso que hasta los goznes de la puerta estaban cortados en dos y de ellos solo se veía la parte exterior, porque... porque algo había engullido la interior. Y, aun con todo, aquella pared negra era, sencillamente, negra. No había brillos en ella; su tremenda oscuridad no reflejaba la luz. Jamás había visto nadie algo así.

El papel negro, la tela negra, la pintura negra... se definen claramente a sí mismos por los brillos y reflejos que captan. Un agujero negro es una sombra que lleva de la luz a su total oscuridad interior. En este caso, sin embargo, lo único que se podía decir era que fuera había luz y que dentro —con los lindes marcados con claridad por el lugar que había ocupado la puerta— había oscuridad; una oscuridad abrupta, absoluta, inexplicable y terrible.

Nos quedamos allí, boquiabiertos, espantados, observando aquella situación tan extraña.

Entonces, de repente, Holt, el cartero, hizo algo muy valiente. No me cabe duda de que se decidió a hacerlo sencillamente porque, sin explicación, sin haber investigado, aquello era demasiado terrible para soportarlo. En cualquier caso, su actuación fue tremendamente valerosa.

Dio unos pasos y cruzó aquel umbral aterrador... que se lo tragó de inmediato. Fue como si hubiera entrado por una especie de impalpable puerta negra. Desapareció por completo, aunque todavía le oíamos. Dio uno o dos pasos y, entonces, acompañado de una respiración agitada y arrastrando los pies apresuradamente, apareció de repente, caminando hacia atrás, y se tropezó con el dintel y se nos cayó en los brazos, empapado en un sudor pegajoso y temblando con fuerza de pies a cabeza —tanto que nos pareció que ni siquiera un potentísimo motor sería capaz de vibrar con esa fiereza—. En unos instantes, sin embargo, estaba lo bastante recuperado como para hablar.

—¡Es..., oh..., es indescriptible! ¡Negro, negro y negro! De pronto, de pronto..., como si te asfixiaras..., la alfombra de la entrada bajo los pies y los sonidos de fuera, ¡pero nada a la vista excepto la más absoluta negrura una vez que has cruzado la puerta!

—¿Había algún olor peculiar, a humo o a gas...? ¿Ha sentido algo? —le pregunté.

—No, señor, nada en absoluto. Si hubiera sido por la noche, en una noche oscura, no creo que hubiera notado uno nada. Es como... es como salir del bendito día. ¡Es horrible!

En ese momento habló el detective:

—De esta manera no vamos a descubrir nada. Hay que entrar en la casa, y yo pienso entrar.

Dicho esto, entró y desapareció. De inmediato, animado por sus palabras y determinación, fuimos tras él, excepto Meadows y Holt, que ni se acercaron a la puerta.

La sensación era tal como la había descrito Holt, pero algo del primer miedo se había desvanecido. Mientras entraba, pregunté en alto:

—Steevens, ¿dónde estás?

—Aquí —respondió en medio de la oscuridad y me cogió del brazo.

Una vez que superamos la sorpresa de haber desaparecido tan repentinamente de la luz del día, aquello no era peor que moverse por una casa desconocida en mitad de la noche.

Caminamos despacio hacia delante por el recibidor

y, guiándonos unos a otros por la voz y cogidos de la mano, nos reunimos en un grupo a los pies de lo que parecía la escalera.

De repente se oyó un clic, seguido de una exclamación de irritación.

—La linterna no alumbra —comentó el detective.

Oí unos movimientos y, entonces, el rascar de una cerilla. Nada, no alumbraba. Y otra, y otra. Se oyó el corto chisporroteo de las cerillas al rozar la lija cuando varios miembros del grupo lo intentaron y, de pronto, Crosby pegó un gritito.

—¿Qué ha pasado? —preguntó Steevens.

—La cerilla me ha quemado los dedos —respondió Crosby—. La he sujetado para asegurarme de que se encendía adecuadamente y la llama me ha quemado, pero no he llegado a ver la más mínima luz.

A un tiempo —el sonido me lo reveló—, probamos todos el experimento. Uno a uno informamos a los demás de que las cerillas nos habían quemado los dedos... ¡y allí no hubo ni rastro de luz! Prácticamente al instante, de una manera horrible, más horrible si cabe debido a aquella impenetrable oscuridad, Crosby perdió los nervios.

—¡Oscuridad! —gritó—. ¡Llanto y rechinar de dientes!

Entonces, oímos que daba un par de pasos como arrastrando los pies y que se caía de bruces encima de algo. Nos acercamos a él con cuidado y nos percatamos de que estaba en el suelo, donde musitaba:

—¡Un horror de una oscuridad descomunal! ¡Ay, Dios, que se haga la luz!

Mientras estábamos así, aterrados y acercándonos a toda velocidad al estado de nervios del pobre Crosby, una exclamación repentina nos dejó perplejos:

—¿¡Dónde están, caballeros!? ¿¡Qué sucede!?

Por un momento, nadie respondió. Entonces, Steevens se aventuró a preguntar:

—¿Es usted, Holt? ¿Dónde está?

Holt y Meadows respondieron a un tiempo:

—¡Aquí! ¡Fuera!

Y entonces se oyeron unos pasos, como si ambos acabaran de entrar. Holt dijo:

—Hemos oído una caída. ¿Están ustedes bien?

Se oyó la voz del detective como explicándose y Holt le dijo:

—Señor Crosby, tiene usted que tranquilizarse. Escúchenme, que tengo una idea de cómo deberíamos proceder.

Crosby jadeó.

—Lo siento —dijo—. Es raro, he perdido los nervios, pero estoy mejor. —Daba la sensación de que se estuviera rehaciendo.

Entonces, Grainer, el detective, comentó:

—Caballeros, me han dicho que esta casa la alquiló una espiritualista, así que esto debe de ser uno de sus camelos relacionados con lo oculto. No nos alarmemos a lo tonto. Investiguemos la casa de cabo a rabo, que es lo que hemos venido a hacer. Aunque no veamos nada, si trazamos un plan bien pensado podremos registrarla con el sentido del tacto. Señor Steevens, usted conoce la casa. ¿Qué hay en esta planta?

Steevens dudó un instante. Casi se podía oír cómo iba recobrando la compostura.

—Esto..., gracias, Grainer. Su idea es muy sensata. Por lo que recuerdo, hay un recibidor, un comedor, un salón con una salita adyacente, y una puerta de paño en la parte de atrás de las escaleras que da a las cocinas.

—Pues escúchenme todos —dijo Grainer—, retirémonos poco a poco hasta que demos con las paredes del recibidor.

Pasamos un minuto arrastrando los pies y exclamando por lo bajo cuando nos encontrábamos esto o aquello. La sensación de asilamiento iba aumentando nuestro nerviosismo, pero acabamos dando con las paredes.

—Ahora —siguió entonces Grainer—, que cada uno busque una puerta, una ventana o cualquier objeto relevante que tenga cerca.

De esa forma registramos el recibidor de la manera más rigurosa que se podía, anunciando nuestros descubrimientos en respuesta a las continuas preguntas que nos hacía el detective.

El agente de policía, que estaba cerca de mí, informó de que había dado con una ventana. En ese mismo instante, me golpeé con cierta violencia contra la puerta, que seguía abierta y, al explicarlo, me pidieron que la cerrara, no fuera a ser que algún viandante decidiera investigar una puerta en la que, por lo que parecía, colgaba una cortina de color negro azabache, que era, sin duda, la sensación que daría desde la acera.

Después de hacerlo, oí cómo Grainer cruzaba el recibidor hasta el policía y, acto seguido, oí las anillas de unas cortinas correr por una barra, cómo subían una persiana y, por fin, el traqueteo de unas contraventanas. No entró nada de luz.

—¿Encuentra usted el pomo de la ventana? —le preguntó Grainer al agente de policía.

—¡Aquí está! —respondió este y, acto seguido, se oyó un pestillo y el ruido de una ventana al abrirse.

Seguía sin haber luz, pero, casi de inmediato, proveniente de fuera, oímos la exclamación horrorizada de un joven:

—¡Dios bendito...! ¡Bob, mira esa ventana! ¡Mira el brazo que sale..., parece que esté en mitad de la nada!

—Es extraordinario —le respondieron—, pero supongo que es algún truco. ¡Eh, tú, el de dentro! ¿Por qué asustas a la gente? ¡Lárgate a otro sitio con tu magia para idiotas! ¡No está bien asustar así a la gente!

Me sorprendió que Grainer no respondiera y que se limitara a cerrar la ventana.

A menudo me he preguntado qué pensarían aquellos dos jóvenes —supongo que eran jóvenes por su voz— de lo que acababan de ver en la plaza. En cuanto a nosotros, que seguíamos en aquella casa a oscuras y en silencio, creo que no había nada que pudiera haber enfatizado más lo raro de la situación que estábamos viviendo.

Grainer, que, con sus aires de oficial y su gran sentido común, se había hecho cargo de la investigación con el consentimiento tácito de todos nosotros, no nos dio tiempo a sacudirnos nuestros miedos. Bajo su dirección, llevamos a cabo un registro raro y difícil, pero diligente, de la planta baja. Nada de lo que logramos descubrir en aquella oscuridad total resultó inusual; allí solo había el mobiliario y el equipamiento típico de una casa de clase media.

Luego subimos las escaleras y registramos la planta de arriba. Steevens nos informó de que no había ático y de que, por lo tanto, cuando hubiéramos investigado aquella planta habríamos investigado la casa entera.

Qué extraño me resultó escucharnos a los siete, a gatas, a tientas, estirando tímidamente la mano en aquella oscuridad terrible, encontrándonos de repente un cuerpo, muertos de miedo hasta que nos dábamos cuenta de que, como cabía esperar, era uno de los nuestros.

Registrar una casa donde espera uno casi con toda certeza encontrar un cadáver es algo aterrador en condiciones normales, imagina, por lo tanto, lo aterrador que nos resultó hacerlo en la más absoluta oscuridad y sin conocer la causa de ese horror añadido.

Por fortuna, el suspense fue a menos —ligeramente— porque descubrimos que, si bien todas las puertas de la planta de arriba estaban cerradas con llave, todas tenían la llave en la cerradura. Todas excepto una de ellas, la puerta de la estancia que, por lo que explicó Steevens, la señora de la casa acostumbraba a utilizar de *boudoir* y que, muy probablemente, sería para lo que la utilizaba la actual arrendataria.

Nerviosos, conseguimos abrir aquella puerta. ¿Qué nos encontraríamos? ¿Habría dejado la señora la casa? ¿La encontraríamos en aquella habitación? ¿La habría superado aquella aterradora oscuridad, la habría horrorizado y asustado hasta el punto de llevarla a huir de la casa e incluso de la ciudad presa del pánico y sin informar a nadie de su marcha?

No se puede decir que yo sea susceptible a las sensaciones e impresiones delicadas que se consideran «psíquicas». La «atmósfera» tiene poco efecto en mí. No obstante, tenía los nervios tan a flor de piel por la tensión que nos producía aquella oscuridad maléfica que no pude evitar sentir un miedo mayor de lo normal, un repelús que me recorría el cuerpo, cuando entramos en el *boudoir*; y tuve que esforzarme al máximo por contener un alarido de terror cuando, por unos instantes, el pobre Steevens soltó un gemido agitado —que no un grito— por algo que había descubierto.

Yo me encontraba junto a la jamba de la puerta en ese momento y cuando Steevens lanzó su exclamación mi mano se cerró sobre el interruptor eléctrico y lo pulsé. No se encendió la luz —aunque para entonces ya estaba acostumbrado a eso—, pero decidí dejarla encendida y me moví con los demás en dirección a Steevens.

—¡Manténganse alejados un momento! —dijo—. He encontrado algo..., a alguien..., sí, un hombre..., en una silla..., aquí... Aquí.

Nos acercamos a él a tientas. Mi mano encontró un hombro.

—¿Aquí? —pregunté al sentirlo inmóvil y extrañamente frío bajo la ropa, pero...

—No, aquí —dijo Steevens, que, teniendo en cuenta de dónde provenía su voz, debía de estar como a medio metro de mí. Un instante después me alcanzó a tientas con la mano, me identifiqué y lo guie hasta el hombro que había tocado.

—Este es otro —susurró con tono pesimista.

No voy a intentar describir las etapas de nuestro descubrimiento segundo a segundo; mi intento provocaría gran tensión y mucho miedo. De hecho, mi cerebro tembloroso se detiene y se niega a recordar aquello que captó en primer lugar con profunda impresión. Basta con decir que allí encontramos, sentados en el gélido silencio de aquella aterradora oscuridad, más fríos que nosotros y también más silenciosos en brazos de la espantosa muerte, seis cuerpos —tres hombres y tres mujeres— sentados alrededor de una mesa redonda como suelen hacer aquellos que quieren hablar con los muertos en una sesión espiritista.

Tenían las manos extendidas sobre la mesa, con el meñique entrelazado con el del vecino. Encontramos la figura que parecía ser el médium sentada en una silla que era más baja y cómoda que las demás, con los ojos vendados —como si cubrirse los ojos fuera a producir una incapacidad para ver mayor que la oscuridad en la que nos movíamos— y la cabeza y el tronco caídos hacia delante como si estuviera en el trance usual de aquel que actúa de intermediario de los espíritus.

Cada uno de nosotros investigó, una a una, a cada una de las personas que había en aquel espeluznante círculo. Grainer, cuya voz sonaba por detrás del médium, nos asustó al exclamar de repente:

—¡¡Quién de ustedes ha examinado ya a este tipo de la venda en los ojos!? ¡¡Les ha parecido que esté frío como un muerto!?

Sin esperar a que respondiéramos —aunque nosotros aguardábamos tensos como las crines de un arco, quietos como el mármol, terriblemente expectantes—, oímos que realizaba una serie de movimientos rápidos... Casi podía verle, echando hacia atrás el cadáver y tumbándolo en el suelo, tomándole el pulso, retirándole poco a poco la venda de los ojos. Se oyó como si descorchasen una botellita y el burbujeo de un líquido. Grainer estaba utilizando un frasquito con un movimiento rítmico y...

De repente, a través de la oscuridad *vi*, al otro lado de la habitación, en lo alto, dos ojos deformes, enormes y horripilantes, rojos, refulgentes..., ¡los ojos de un monstruo! Sentía tanto miedo que se me pusieron los pelos de punta y la carne de gallina y empecé a sudar profusamente; un sudor frío y pegajoso. Mi garganta, a pesar de estar atenazada por el miedo, soltó un grito involuntario:

—¡Ojos! —Y con la mano señalé como si los demás pudieran verme.

Oí el castañeteo de dientes, entre el que se incluía el de los míos. Me latía el corazón a tal velocidad y con tal ferocidad que era como si no pudiera oír otro sonido que el de la marcha de los aterradores tambores del regimiento de las esferas eternas.

Otro grito, como un graznido, un cacareo, una carcajada y la voz de Crosby:

—¡Fíjense, fíjense, no son ojos! ¡No son ojos, sino luces eléctricas!

En cuanto lo dijo me di cuenta de que estaba en lo cierto y de que todo estaba sucediendo al mismo tiempo. Grainer mascullaba satisfecho y la luz iba en aumento —¡aquella bendita luz!—, y pudimos vernos unos a otros de nuevo, todos con el rostro descolorido. Y allí estaba Grainer, de rodillas, con una figura tumbada a su lado. Estaba vertiendo brandi en su boca con una calma maravillosa, con sumo cuidado y, de pronto..., ¡a la figura se le abrieron los ojos!

Y, entretanto, la intensidad de la luz seguía subiendo. La figura respiró mientras volvía a la vida, con los ojos muy abiertos, y de repente las luces resplandecieron y la habitación se llenó de luz, porque el policía había abierto las cortinas y la ventana, y estaba dejando que entrara el día. Y allí estábamos nosotros, horrorizados, y en el suelo la figura macilenta de un joven, y sentados a la mesa cinco cuerpos inmóviles, blancos y cadavéricos, con el indudable sello de la muerte.

Esa noche nos reunimos los mismos, pero en casa de Crosby y con la adición del cirujano de la policía. Nos llevaron a un enorme dormitorio donde yacía Grey, el médium. El doctor nos comunicó que estaba mucho más fuerte y que podía contarnos la historia. A la vista del interrogatorio al que iban a someterle por la mañana sobre la muerte de aquellos dos hombres y tres mujeres que seguían en la desalentadora casa de la plaza, era importantísimo que conociésemos cuanto antes los cabos más relevantes de aquel extraño suceso.

No voy a darte una relación pormenorizada de las preguntas y de las respuestas, ni de las sorprendentes repeticiones de la extraña investigación. De nada iba a servir para apartar la nube de horror, no en vano, todos los que estábamos allí escuchando coincidimos en que la historia era aún más extraña que si alguien se la hubiera inventado. Así, voy a limitarme a hacerte un resumen.

Al parecer, Grey llevaba unos años siendo amigo de *madame* Seulon —la arrendataria de la «casa de la oscuridad»— y frecuentemente la había ayudado en sus investigaciones psíquicas. El marido de *madame* Seulon desaprobaba hasta tal punto estas investigaciones que la brecha que fueron abriendo entre ellos acabó volviéndose insalvable y ella decidió abandonarlo y viajar de aquí para allí investigando historias de fantasmas, de casas encantadas y de otros misterios. La separación de su marido tuvo un efecto muy negativo en ella, porque a partir de entonces, sin freno, se entregaba al estudio de las artes más oscuras y de los misterios más funestos.

Hacía no mucho, la repentina muerte de uno de los compañeros de ella durante una sesión espiritista había causado un gran escándalo, que era por lo que la mujer había alquilado la casa de la plaza con cierto secretismo e incluso, en un primer momento, hasta que hubiera completado cierta investigación, había decidido no contratar servicio y comprar gran cantidad de provisiones para estar apartada del mundo. Hecho esto, se comunicó con algunos de sus amigos espiritistas más cercanos y también con Grey.

Cuando esta gente llegó, les explicó su teoría. La mujer había descubierto —si bien es por todos conocido— que lo extraño y lo malvado *teme la luz*. Sedienta de conocimiento, ansiosa de poder, *madame* Seulon a menudo llevaba a cabo sus sesiones espiritistas en la más absoluta oscuridad. No obstante, cuando llegaban al umbral del mundo de los espíritus, siempre aparecía alguna luz; a menudo refulgente, de un rojo furioso, de un púrpura sucio..., como si de algo malévolo se tratase, pero los temidos elementales aparecían, envueltos en las llamas sulfurosas del infierno, con relucientes ojos glaucos y rodeados de destellos amoratados en la maligna oscuridad.

La cuestión es que a la mujer se le ocurrió convocar a las manifestaciones más potentes para, acompañada de gente convencida, pedirles a los poderes que gobiernan el mundo de los espíritus que les proporcionaran una oscuridad absoluta, una oscuridad que no solo fuera de este mundo, sino también del otro.

Grey tenía miedo. ¡Aquella era una nigromancia de un tipo muy peligroso! Sin embargo, consiguieron persuadirlo y una noche, casi una quincena antes de que nos contara aquella historia, empezó la sesión espiritista.

Hay que explicar en este momento que los médiums pueden ser muy distintos unos de otros. Algunos son prácticamente indiferentes a todo lo que sucede a pesar de que todo lo que sucede sea gracias a ellos. Otros no recuerdan nada de lo que ha sucedido desde el momento en que entran en trance hasta que los despiertan. Y los hay que permanecen medio conscientes durante la sesión.

Grey, al parecer, se encontraba en un punto intermedio y sufría dos estados del trance, uno más ligero y otro más profundo. En el más ligero, si bien recordaba lo que había sucedido, carecía de voluntad propia y la comunicación con el mundo de los espíritus era completa y prácticamente sin obstáculos de su conciencia. En el trance más profundo estaba completamente «ausente», como si hubiera sufrido una muerte temporal, y cuando lo despertaban no recordaba nada de lo que había sucedido.

El grupo, como era habitual, se había reunido alrededor de una mesa redonda y Grey había entrado casi de inmediato en ese trance más ligero, el «sueño espiritual». A las primeras de cambio —o eso nos contó él—, el «control» con el que *madame* Seulon acostumbraba a comunicarse tomó posesión de él. Aquel no era un espíritu bondadoso, sino un monstruo violento y depravado contra el que había advertido a la mujer una y otra vez, si bien en vano.

Madame Seulon hizo su petición sin esperar: que se hiciera una oscuridad completa, absoluta, «tanto en esta casa como en el mundo espiritual que nos rodea».

El espíritu accedió a la petición, que fue recibida con una horripilante y jubilosa carcajada tanto por el control como por la compañía malvada que lo secundaba en el mundo de los espíritus.

—Y, de inmediato —explicó Grey—, esa extraña y tenue luz espiritual de la que siempre soy consciente, por muy a oscuras que esté la estancia, dado que no se trata de una luz de este mundo, se apagó y los ojos morados del grupo de espíritus malignos que me acompañaban desaparecieron.

»¡Y entonces empezaron a suceder de golpe cosas aterradoras! ¡Gritos y enfrentamientos airados, conflictos violentos! En el fragor de la batalla había voces, voces nefarias, feroces, horripilantes, y otras voces suaves y agradables, las de sus adversarios, que luchaban por nosotros y por nuestras almas, voces siseantes, sin aliento y jadeando por el esfuerzo que les suponía luchar con tantísima valentía por la victoria, si bien se oían confusas y amortiguadas debido a la cruel oscuridad en la que el mal siempre se siente como en casa; mientras que el bien, desposeído de su naturaleza, la luz pura, luchaba a ciegas y con miedo contra unas fuerzas mucho mayores.

»Era como si el espacio se moviera con la batalla. De pronto, temblando, aterrorizado y pequeño, oí a mi lado cinco nuevas voces, débiles, extrañas, gritando como si fueran gatitos ahogándose. Las reconocí. Eran las voces de mis compañeros.

¿Qué había sucedido?

—Estoy convencido de que algún poder aterrador y cautivador había sacado aquellas almas temblorosas del cuerpo al que pertenecían y las había arrojado a aquel campo de batalla estigio. ¿Quería decir eso que los poderes benéficos iban perdiendo?

»En cuanto a mí, me sentía solo en aquel conflicto, porque, debido a mi estado de semitrance, ni estaba en este mundo ni estaba en el de los espíritus, sino fuera de ambos. Podría parecer que estaba a salvo, sí, pero ¿qué era aquello tan horrible que les había pasado a *madame* Seulon y al resto de mis compañeros?

Grey estaba tan asustado en ese punto de la sesión que, al parecer, logró algo inusual. Dada la potencia del terror que sentía, consiguió superar, voluntariamente, su trance y, al volver de repente a su cuerpo, se encontró sentado a aquella mesa mística. Allí todo estaba en silencio —en este mundo—, pues había dejado atrás el clamor del combate que lo rodeaba en el mundo de los espíritus. Estaba todo en silencio y a oscuras.

Empavorecido y haciendo un esfuerzo descomunal, el médium habló a sus compañeros, pero no le respondieron. Ni una sola palabra le dijeron, ni oyó respiraciones, suspiros o movimiento.

Debilitado por el trance, el pobre Grey apenas podía moverse y, sin embargo, fue capaz de sacar la suficiente fuerza de flaqueza para sentarse bien y, aún poseído por el más espantoso miedo, extender su temblorosa mano hacia la oscuridad. Uno a uno, fue encontrando a sus compañeros y, uno a uno, fue notando con aquella mano suya el frío de cinco cadáveres.

No sabía cuánto había durado este trance ni qué había sucedido en aquella espantosa estancia. Y mientras allí estaba paralizado por el terror, de súbito, feroz y estrepitosa, pronunciada por un agente que desconocía y cuya naturaleza jamás llegaría a conocer, una potente voz resonó en el camarín de la muerte y le dio una orden imperiosa: «¡Duerme! ¡Duerme profundamente! ¡Aquí solo están los muertos! ¡Los muertos! ¡Duerme en la oscuridad hasta que los vivos te pidan que despiertes!».

Por lo visto, nada más recibir aquella orden el médium se sumió en el trance más profundo, hasta que los vivos le habíamos pedido que despertara.

Quién sabe qué sucedió realmente allí, qué horrores vivieron en aquella casa de la oscuridad tremebunda...

Es muy peligroso jugar con los Poderes de la Oscuridad. Es muy peligroso atreverse a desafiar, con impía precipitación, las leyes que se nos han dado para mantener nuestra quietud y nuestra paz.

Al día siguiente, en un deprimente e intimidante juzgado, sacudidas las ventanas por el furioso tumulto de un vendaval y de una fría y fuerte lluvia, tuvo lugar el interrogatorio para esclarecer lo que había pasado con aquellos cinco cadáveres.

No había en estos ni rastro de heridas o veneno, ni de enfermedad suficiente como para que hubiera sido la causa de su muerte.

Largo y serio fue el interrogatorio; largas y difíciles fueron las consultas del jurado. Así, no es de extrañar que, con sombría expresión de sorpresa y tras haberle pedido permiso al forense —que se lo dio debido a las circunstancias tan particulares que nos ocupaban—, declararan que era su voluntad que el veredicto en cada caso —y al darlo, el tono del portavoz del jurado se volvió grave y tembloroso como si estuviera hablando de la peor de las fatalidades— fuera: «Muertos por la ira de Dios».

ERIC PURVES

Cuando John Reed Wade —el editor de *Pearson's Magazine*— publicó el siguiente relato en el número de mayo de 1929, lo anunció como «Una de las historias de misterio más originales que se han escrito». De hecho, estaba tan encantado con él que incluso puso un anuncio en el número anterior y le dedicó la ilustración de portada, de Kenneth Inns. En la ilustración se veía al desconcertado cartero observando una oscuridad impenetrable por la ranura del buzón, que es la escena con la que empieza la historia.

Y, por original que sea la historia y a pesar de la gran atmósfera que consigue transmitir, que yo sepa jamás se ha vuelto a publicar. Es más, ni siquiera tengo claro que su autor escribiera ninguna otra cosa. Desde luego, no es el suyo un nombre con el que he vuelto a encontrarme y soy incapaz de dar con él en ningún índice o archivo. Es posible que Purves fuera un genuino escritor de un solo éxito.

EL TESORO DE LAS TUMBAS

de F. Britten Austin

I

Si alguna vez ha habido una persona que agradeciera de forma más empática y articulada el final de la guerra y poder regresar a la cómoda aunque monótona paz, ese soy yo. No era capaz de expresar lo agradecido que me sentía con el contraste de mi calmada y fría oficina de Londres después de tres años del calor, el polvo y las moscas de Mesopotamia. Y aunque mi servicio militar —gracias a mi profesión administrativa— no solo había sido muchísimo más interesante, sino que había carecido de gran parte de las adversidades por las que habían tenido que pasar la mayoría de mis camaradas, cuando volví a sentarme en mi despacho de caoba y cuero marroquí me dije que ya había tenido suficientes aventuras en la vida. Nada me iba a inducir —recuerdo cómo asintió mi padre, satisfecho, mientras le decía aquello porque consideró que por fin podía dejar la dirección del negocio familiar en mis manos—, nada me iba a llevar —a menos que se tratara de un peligro nacional extremo— a abandonar la sólida comodidad de hacer tres comidas diarias y asistir al club al final del día a cambio de esa falaz atracción del horizonte inexplorado que me había hechizado con tantísima fuerza cuando me había presentado voluntario al principio de la guerra. Y sin duda estaba convencido de ello. Ni siquiera sentía la necesidad, como les pasaba a muchos de los que habían ido a la guerra, de volver a esos campos de batalla de Francia y Bélgica, tan familiares para mí en 1915. A veces, es cierto, pensaba en algunos de mis camaradas y especulaba con lo que habría sido de ellos, pero no mantenía el contacto con ninguno. La guerra se desvaneció de mi vida como el recuerdo de un sueño y se volvió remota frente a la actualidad.

Pero, por mucho que así fuera, cuando un día mi secretaria llamó a la puerta y me trajo dos tarjetas de visita, una de ellas de Richard Franks y la otra de Henry Jefferson, enseguida vi ante mí a dos sucios y demacrados oficiales de vuelo en el despacho de los mapas que tenía en el viejo palacio de Mosul. Su avión se había estrellado durante un vuelo de reconocimiento en la cadena montañosa de Jebel Abjad y habían conseguido llegar hasta nuestras líneas gracias a que habían sobrevivido a una serie de aventuras milagrosas que te ponían los pelos de punta y con las que habría dado para llenar un libro. Mi informe de la valiosa información que nos habían traído contribuyó enormemente a que los ascendieran. Sonreí pensando en aquellos dos jóvenes fríos y temerarios que me habían relatado sus emocionantes experiencias como si lo que les hubiera sucedido fuera lo más normal del mundo.

—Hágales pasar —le dije a mi secretaria al tiempo que me levantaba para darles la bienvenida.

Reconocí al instante, a pesar de su ropa de paisano, a los dos jóvenes, que entraron con bastante timidez en mi despacho. Era obvio que los sobrecogía el entorno desconocido del comercio.

—Buenos días, mayor —dijo Franks, un joven alto y delgado con la nariz aquilina que caracterizaba aquel rostro que, por extraño que me pareciera, daba muestras de nerviosismo. Viéndolo así, uno nunca habría creído que, en solitario, en lo que él mismo había descrito como una «pelea de perros», hubiera acabado con tres ametralladoras alemanas pertenecientes al Ejército turco.

—Buenos días, mayor —siguió Jefferson, sentencioso e igual de nervioso que su compañero.

Jefferson era tan joven como Franks, tendría veintidós o veintitrés años, apenas un crío, rubio y con los ojos azules, el típico muchacho que, como otros miles, había formado parte de las filas de la flota aérea de Inglaterra y había combatido en ella durante la guerra. Me fijé en que, a pesar de los habituales prejuicios de este tipo de muchachos, llevaba un paquete, algo relativamente voluminoso y envuelto en papel marrón.

—¡Buenos días a ambos! —respondí animado, genuinamente alegre por su visita. Acababan de traerle a mi banal despacho un toque del pasado que, volviendo la vista atrás, se me antojaba agradablemente romántico—. ¡Cuánto me alegro de verlos! Siéntense. —Y se sentaron, con timidez, en las sillas que más cerca tenían. Les ofrecí la caja de cigarrillos—. ¿Qué noticias me traen? ¿En qué puedo ayudarles?

Ambos cogieron un cigarrillo y, después, se miraron el uno al otro avergonzados. Era evidente que estaban esperando que fuera el otro el que emprendiera la tarea de contar lo que fuera que se traían entre manos.

Por fin hablaron, y lo hicieron al mismo tiempo:

—La cuestión, mayor...

—¡Necesitamos que nos preste usted tres mil libras!

Y se quedaron callados. Franks miró a Jefferson con el ceño fruncido, molesto porque hubiera sido tan poco diplomático a la hora de plantear el tema. Me reí.

—¡Tres mil libras! Eso es mucho dinero, caballeros. —Me sentía lo bastante viejo para ser su padre y me estaba costando no mostrarme paternalista mientras miraba aquellos rasgos jóvenes y tremendamente serios—. ¿Para qué quieren ustedes tres mil libras?

Se hizo otra pausa, un silencio nacido de la vergüenza, y entonces Jefferson le dio un codazo a Franks, que era mayor que él.

—¡Venga, Dicky, díselo! —le susurró con voz ronca—. Tú se lo explicarás mejor.

Dicky Franks se ruborizó y su cejo se arrugó durante unos instantes en los que fue evidente que estaba concentrado en pensar. Luego metió la mano en el bolsillo de la pechera y rebuscó algo. Sacó un papel que resultó ser un mapa que enseguida reconocí como del Ejército. De hecho, mientras lo desdoblaba vi que se trataba de uno de los mapas que habíamos utilizado en la región de Mosul. El joven levantó la vista para mirarme y se aclaró la garganta.

—¿Recuerda usted, mayor, que Jefferson y yo nos estrellamos en una ocasión en el Jebel Abjad, en 1918? Sonreí.

—A la perfección. Si la memoria no me falla, les conseguí a ustedes, que eran dos jóvenes alocados, una medalla por eso... ¡y una estrella más!

Franks asintió conforme, pero con gesto grave.

—Así fue, mayor. Bueno... —dudó porque no sabía bien cómo empezar—, la cuestión es que... que no le contamos toda la verdad acerca de lo que sucedió. —Hizo una pausa para mojarse los labios porque estaba tan nervioso que los tenía secos.

—¿A qué se refieren? —Me temo que hubo cierta severidad en mi tono de voz, pero es que no me gustó que me embargase la repentina sensación de que me habían tomado por idiota que había recomendado el ascenso de aquellos dos diablos basándome en una historia ficticia. Lo primero que pensé es que, impulsados por su conciencia, habían venido a verme para confesar—. ¿No se estrellaron ustedes en el Jebel Abjad, como me dijeron?

La sonrisa de Franks me alivió.

—Sí, mayor, nos estrellamos, pero no fue todo exactamente como se lo contamos. Lo que le explicamos es cierto. La cuestión es que... nos dejamos parte en el tintero.

El joven Jefferson asintió enfáticamente para corroborar las palabras de su compañero y añadió:

—Eso es, mayor. Hubo algo que... que no quisimos contarle en ese momento, pero que hemos venido a contarle ahora.

Franks lanzó una mirada admonitoria de precaución a su compañero.

—Sí —continuó Franks, no sin cierta reticencia en la voz, como si le diera miedo contar demasiado rápido lo que fuera que habían venido a contarme—. Queremos explicarle toda la historia, mayor, pero... primero... queremos que nos prometa que, pase lo que pase, no pondrá en conocimiento de nadie más nada de lo que vamos a relatarle. Es lo justo, ¿verdad, Harry? —Se volvió hacia Jefferson en busca de apoyo.

—Sabemos que podemos confiar en usted, mayor —dijo Jefferson.

—¡Por supuesto que pueden confiar en mí! —respondí mientras me sentaba en mi butaca y encendía un cigarrillo—. No le contaré a nadie nada de aquello que ustedes me cuenten en confianza, sea lo que sea. Disparen... ¡y déjense ya de eso de «mayor»! Ahora soy civil y me llamo Ogilvy. —Sonreí con la intención de que se sintieran cómodos.

Franks, más tranquilo, siguió con la historia:

—Pues bueno, mayor..., disculpe..., señor Ogilvy. —Sonrió por aquel error automático—. La cosa es que en aquel vuelo por el Jebel Abjad... caímos dos veces.

—¿Dos? —Aquello me sorprendió mucho—. Solo me hablaron ustedes de una.

—Lo sabemos, mayor..., señor Ogilvy. Esa es la cuestión. Es de la otra caída de la que hemos venido a hablarle.

—Pues adelante, soy todo oídos.

—Los detalles de ese vuelo no importan —resumió mientras jugaba nerviosamente con el mapa que tenía en las rodillas—. Recuerda usted que recibimos el encargo de volar sobre Jebel Abjad, ¿verdad? Una misión de reconocimiento para ver si los soldados turcos se habían escondido en alguno de aquellos valles. Hacía un tiempo fantástico para observar, increíblemente despejado, pero estuvimos toda la mañana volando sin ver ni rastro de soldados turcos.

»En un momento dado, antes de volver a casa, fuimos hacia la zona noroeste y buscamos concienzudamente por todas las cimas y valles de esas montañas, por todos los resquicios. De repente nos vimos rodeados por una de esas feas tormentas eléctricas que aparecen de la nada en las montañas. Era un sitio malísimo en el que padecer una de esas tormentas. Nos encontrábamos más o menos por la mitad de la cadena montañosa, siguiendo un valle, con el avión a unos mil metros de altura sobre las cimas que teníamos a cada lado. Decidí levantar el morro del aparato cuanto antes y, justo cuando estábamos a punto de salir del agujero en el que nos encontrábamos, ¡aquella vieja carraca se detuvo! El motor se paró de golpe. Aquello era, no obstante, típico en una tormenta sobre una cadena montañosa.

»Vi cómo la aguja del barógrafo bajaba a medida que descendíamos..., y le aseguro que llegué a pensar que allí se había acabado todo para nosotros dos. Estábamos ya por debajo de la cima del pico que teníamos a la izquierda y vi que el valle era un roquedal. Entonces me percaté de que en uno de los laterales de la montaña había una cornisa amplia, una terraza de entre doscientos y trescientos metros de ancho. Cuando la vi estaba prácticamente por debajo de nosotros; una zona de roca lisa sin obstrucciones. Me desvié hacia ella por instinto, no había tiempo para pensar, y un segundo relámpago rodeó nuestro aparato. Conseguí descender y, justo cuando aterrizamos y conducía el avión por el saliente, empezó a llover. Llovía a cántaros. Giré para que el morro estuviera de cara al viento, que llegaba a ráfagas desde la montaña, y conseguí detener el avión de milagro.

»Bajamos de un salto, con rayos cayendo a nuestro alrededor y lloviendo como si estuviéramos debajo de una catarata. No parecía muy buen lugar para cobijarse y en aquel momento habríamos cambiado nuestro próximo permiso por un refugio..., y ya sabe usted que eso es mucho decir en Mesopotamia. De pronto, justo delante de nosotros, vi la boca de una cueva, y ambos corrimos hacia ella como corre un conejo hacia su madriguera.

—En efecto, era una cueva y allí estábamos nosotros, protegidos de la tormenta, con los relámpagos jugueteando alrededor de nuestro avión. En aquel momento, nuestras probabilidades de sobrevivir parecían escasas, no me avergüenza admitirlo. Si un rayo alcanzaba a nuestro viejo avión, no tendríamos ninguna posibilidad de bajar de aquella montaña. Nos mirábamos el uno al otro a la luz de los destellos y decidimos explorar la cueva para olvidarnos así de aquello tan desagradable que estaba sucediendo fuera.

»Era un agujero espacioso y lo primero que nos llamó la atención fue que las paredes estaban alisadas por manos humanas; las marcas de los cinceles eran claramente visibles. Aquello nos resultó sorprendente, dado que el sitio parecía absolutamente inaccesible. Como es lógico, a ambos se nos ocurrió que, quienquiera que se hubiese tomado la molestia de subir hasta allí para alisar las paredes de una cueva, debía de tener una buena razón para hacerlo. Ambos llevábamos linternas en el uniforme y decidimos descubrir la razón de que se hubieran tomado aquella molestia.

»No tardamos mucho en hacerlo. Unos veinte o treinta metros más adelante encontramos tres tumbas enormes..., sarcófagos se llaman, ¿verdad?, cada uno de ellos dispuesto sobre un pedestal cuadrado de piedra. Tenían talladas figuras a su alrededor y estaban tapados con unas losas que sobresalían y parecían una especie de techo. Bueno, al menos, dos de ellos. Enseguida nos dimos cuenta de que no éramos los primeros en descubrir aquellas tumbas. Alguien había estado ya allí. La losa del sarcófago que más cerca teníamos estaba caída hacia un lado y por debajo de ella se veían un esqueleto y una barra de hierro. Era evidente que la losa se le había caído encima y lo había matado.

»No se imagina lo emocionados que nos sentimos cuando subimos al pedestal e iluminamos la tumba con las linternas. El ocupante original seguía allí o, al menos, partes de su esqueleto. No obstante, no es eso lo que nos interesó. Había ornamentos y objetos rotos alrededor del esqueleto, y el cuerpo descansaba en una cama hecha de lo que en un primer momento nos parecieron ladrillos pequeños. ¡Mire! —Sacó un rectángulo del bolsillo y me lo tendió—. ¿Qué le parece?

Lo cogí con curiosidad. Era un metal amarillo y pesado.

—¡Por Dios —exclamé—, esto es oro puro! —Le di vueltas y no tardé en ver que en uno de los lados tenía un cartucho con figuras jeroglíficas—. ¡Encontraron ustedes el tesoro funerario de algún antiguo rey asirio! —Si bien soy de naturaleza poco entusiasta, en aquel momento fui incapaz de controlar la emoción que me embargaba—. ¡Qué aventura tan extraordinaria!

Franks asintió gravemente.

—¿Cuánto cree usted que valdrá? —me preguntó. Lo sopesé. Debía de andar cerca del kilo.

—Pues... yo diría que unas ciento cincuenta libras esterlinas —me aventuré a responder.

—En ese caso, mayor..., señor Ogilvy..., en la tumba de la que le hemos hablado ¡hay ciento cincuenta mil libras esterlinas! Contamos la capa superior de lingotes y había unos doscientos, ¡y nos pareció ver que había, al menos, cinco capas! Eran todos del mismo tamaño. Jefferson tiene otro.

El joven Jefferson sacó otro lingote del bolsillo. Era idéntico al primero. Los dejé en un lado del escritorio.

—Supongo que se llenarían ustedes los bolsillos —comenté muy interesado en el asunto y con cierta envidia—. ¡Ay, granujillas afortunados!

Se miraron el uno al otro como avergonzados y Franks se echó a reír.

—Pues..., a decir verdad..., sucedió algo que nos llevó a dejarlo todo allí. De la zona a oscuras de la cueva surgió de pronto un horripilante quejido. Nos asustamos, en especial por el esqueleto que había bajo la losa, y no nos detuvimos a pensar. Salimos corriendo hacia la entrada muertos de miedo. Lo único que nos llevamos fueron estos dos lingotes, que guardamos en el bolsillo, y el pedazo de la losa que Jefferson tenía en las manos cuando oímos aquello.

Jefferson abrió el paquete.

—Aquí la tiene. —Y me la pasó.

En la losa había un fragmento de un toro alado que tenía grabados caracteres que, si bien desconocía, estaba claro que eran antiquísimos.

—¿Qué sucedió a continuación? —les pregunté.

—Bueno, la tormenta ya había pasado y fuera lucía el sol..., y ninguno de los dos teníamos ganas de volver a aquella cueva oscura. Teníamos los nervios a flor de piel. Trasteamos con el viejo motor que, sencillamente, se había ahogado, y despegamos de aquella cornisa tan rápido como pudimos.

—¡¿Abandonaron el tesoro!?—No oculté mi sorpresa.

Jefferson se rio como un crío.

—Yo diría que, en aquel momento, usted también lo habría hecho —me soltó—. Aquel gemido infernal no fue ninguna broma... A mí me revolvió por dentro en cuanto lo oí. Era como si te atravesase. ¡Ufff! —Se estremeció—. En aquel momento estábamos un tanto asustados —añadió como disculpándose—. Habíamos salvado la vida por los pelos instantes antes de aterrizar en aquella cornisa.

—Sigan —dije mientras asentía para hacerles ver que comprendía cómo se habían sentido—. ¿Qué sucedió a continuación?

—Eso es todo. El resto ya lo sabe —dijo Franks—. Justo cuando estábamos saliendo de la montaña, el motor volvió a pararse y nos estrellamos. Todo lo demás sucedió tal y como se lo relatamos.

—¿Y el oro sigue allí?

—Que nosotros sepamos, pero nunca hemos tenido la oportunidad de volver. —Franks se levantó de la silla, se acercó al escritorio y extendió el mapa. Señaló una cruz de tinta que había en mitad de la intrincada cadena montañosa de color marrón. Parecía un lugar inaccesible—. Aquí es. ¡Piénselo! ¡Cerca de medio millón de libras esterlinas en oro puro esperándonos! ¿No le parece que merece la pena intentarlo, mayor?

—Están dando ustedes por sentado que las otras tumbas contienen una cantidad similar. —Mi comentario cayó como un jarro de agua fría sobre su entusiasmo, pero es que estaba esforzándome por controlar las ideas que se me pasaban a mí también por la cabeza—. Y no están pensando en las dificultades. Al lugar solo se puede llegar mediante una expedición larga y muy peligrosa. Desde el armisticio, ese lugar está peor que nunca. Lo habitan los salvajes kurdos, para quienes sería un gran honor cortarnos el pescuezo. Además, por lo que ustedes cuentan, ascender hasta esa cornisa sería toda una gesta alpinista.

—Prácticamente imposible, diría yo —animado, Franks se mostró de acuerdo conmigo—. Desde luego, no alcanzo a comprender cómo llegó allí el pobre diablo que quedó aplastado por la losa. Puede que haya habido un desprendimiento desde entonces. Lo que está claro es que nadie podría subir a esa cornisa trepando.

—Entonces, ¿cómo proponen que lleguemos nosotros?

Ambos jóvenes se sonrieron el uno al otro divertidos por la simplicidad de su idea.

—¡Pues en avión, qué duda cabe! —respondieron al unísono.

—Así que por eso quieren las tres mil libras. —Mi sonrisa no resultó tan cínica como pretendía; no era consciente de hasta qué punto me había calado ya la fascinación por aquel negocio.

Pero lo fui enseguida. Sin aliento, hablando ambos a un tiempo, me informaron de que habían encontrado el aparato ideal, un bombardero que había pertenecido al Ejército y que estaba diseñado para llevar cuatro toneladas de explosivos y equipado para un vuelo a la India que se había anulado en el último momento. Tenía una sala en la que los tres —sorprendentemente, me incluían en la expedición como si estuvieran convencidos de que iba a acceder— podríamos dormir confortablemente y preparar la comida. El avión levantaría con facilidad la carga de oro —tres toneladas, según ellos— y tenía un depósito de combustible lo bastante grande para el viaje. Me ofrecieron un tercio del tesoro si financiaba la expedición y su intención era que los acompañara.

—No tan rápido —protesté—. Yo dirijo un negocio que no puedo abandonar.

—Pero en algún momento tomará usted vacaciones, ¿no? —contraatacó Franks—. En cuestión de quince días estaremos de vuelta.

Dicho todo aquello y cuando me dejaron después de una hora, se marcharon con un cheque por dos mil libras para la inmediata adquisición del aeroplano y yo —completamente comprometido con aquella aventura, que ahora, en solitario, me parecía una verdadera locura— permanecí sentado en la butaca, fumando en pipa y mirando la misteriosa inscripción grabada en la piedra. Aunque no entendía lo que allí ponía, no podía evitar sentir una tremenda curiosidad por descubrirlo. Me caló la idea de que, al menos, no estaría mal saber la tumba de quién estábamos planteándonos saquear.

Se me ocurrió llevar la losa al Departamento Asirio del Museo Británico y, entonces, tuve una idea todavía mejor. ¡McPherson, el del club! Si había alguien capaz de descifrar aquella inscripción, ¡ese tenía que ser el bueno de Mac! McPherson había dedicado gran parte de su vida al estudio de la arqueología asiria. Envolví la piedra en el mismo papel marrón con el que la había traído Jefferson y, cinco minutos después, me encontraba en un taxi, camino del club.

Por supuesto, allí estaba McPherson. Fui directo al grano y, sin decirle cómo me había llegado aquel fragmento, abrí el paquete y le pregunté si sería capaz de descifrar la inscripción. McPherson cogió la piedra con el interés de una persona de ciencia a la que se le presenta un nuevo espécimen y lo estudió atentamente, y asentía vigorosamente mientras le daba vueltas en las manos.

—¡Es un objeto muy interesante, señor Ogilvy! ¡Muchísimo! El Museo Británico estaría encantado de tenerlo. ¿Dónde lo ha conseguido?

—Eso da lo mismo. ¿Sabe usted qué pone?

—¡Calma, calma! En estas inscripciones no hay ninguna complicación. Están mutiladas..., incompletas, claro está, ¡pero lo que pone se lee tan claro como el periódico! Está escrito en los típicos caracteres cuneiformes, la variedad media asiria. Yo diría que data de 1500 a. C.

—¡Pero interprételos, buen sabio!

McPherson se ajustó las gafas y, siguiendo con el dedo de izquierda a derecha los caracteres con forma de uña, tradujo lo siguiente:

—«Yo, Sarchon, Rey de Reyes, hijo de Nimrot, Rey de Reyes, que yazco en esta tumba, te digo: no abras esta tumba. Porque aquel que retire la piedra que me cubre morirá y en mi tumba no hallará reposo, ni volverá a lucir el sol para él y los suyos no conocerán su destino». Eso pone —me dijo McPherson mientras me miraba por encima de las gafas—. La inscripción se corta en ese punto.

—Lo ha leído usted como si se tratara de un libro —le dije admirado.

—¡Bah! Ha sido bastante fácil. Este fragmento en concreto no presenta ninguna dificultad. Existen cientos de inscripciones como esta. La única diferencia es que esta es la de la tumba de un rey. Lo interesante es el nombre del monarca, por lo demás, es algo bastante común.

Pensé en el esqueleto que yacía bajo la losa del sarcófago, en aquella cueva oscura.

—Ah, ¿sí? —pregunté de tal manera que lo llevé a que me mirara con curiosidad y a que me sonriera de forma extraña.

—Tenga cuidado con la excavación de estas tumbas, jovencito —me advirtió.

Como no quería exponerme a las preguntas que estaba claro que el bueno de McPherson tenía en la punta de la lengua, me excusé para cortar allí la conversación. Sin embargo, cuando salí del club sentí que, como quien dice, mi entusiasmo por la aventura se había evaporado. No podía dejar de pensar en aquel esqueleto con la barra de hierro a su lado.

II

No voy a detenerme aquí en los detalles de nuestra preparación para el viaje. Basta con decir que, en cuestión de una semana, Franks y Jefferson habían llevado el aeroplano al campo de una casita que me había comprado recientemente cerca de Londres y que, como no teníamos hangar, protegimos el avión de las inclemencias del tiempo y de las miradas de los curiosos de la zona con unas lonas que aseguramos firmemente. Aunque no entendía yo de máquinas voladoras, a mí el aparato me pareció de una belleza muy adecuada para el propósito para el que lo habíamos adquirido. Llevaba en sus depósitos el combustible necesario para cincuenta horas de vuelo y se podía almacenar más en el interior. El depósito de agua contenía novecientos litros de algo tan necesario en el desierto. También había una amplia despensa para que almacenáramos todas las provisiones que necesitáramos. Los dos jóvenes estaban realmente entusiasmados con el aparato, pero he de confesar que yo, inexperto como era en ese método de transporte, me sentía sobrecogido bajo la gran envergadura de sus alas y mirando la cabina en la que íbamos a ir, por encima de las nubes y durante miles de kilómetros, hasta las montañas que quedaban más allá del desierto mesopotámico y que me parecían, allí, en la campiña inglesa, un lugar fantásticamente irreal debido a su lejanía.

En cualquier caso, durante las dos semanas siguientes tuvimos poco tiempo para inquietarnos. Había lanzado el dado y ya no podía echarme atrás, pero, a decir verdad, debo confesar que, en ocasiones, la fascinación por nuestra aventura se apoderaba de mí tanto como de los dos jóvenes pilotos. Mantuvimos nuestro proyecto tan en secreto como pudimos. Los requerimientos oficiales que no podíamos evitar los solventábamos con la historia de un vuelo independiente a la India.

Planteamos una ruta con etapas sencillas: poco más de mil kilómetros a Marsella el primer día, algo más de novecientos cincuenta a Mesina y mil trescientos a Alejandría. Así, avanzando valientemente hacia el noroeste, podríamos, si empezábamos al amanecer, emprender los últimos dos mil cien kilómetros hasta nuestro destino en un solo vuelo si las circunstancias resultaban favorables. En caso contrario, podríamos aterrizar en el desierto una noche. Franks y Jefferson, evidentemente, propusieron pilotar el aparato por turnos. Mi papel era el de cocinero y auxiliar de vuelo. Como es natural, en previsión de los posibles problemas que pudiéramos tener con las tribus del desierto en caso de que decidiéramos descender en su territorio, llevábamos armas y munición. Y, además de todo eso, las herramientas necesarias para abrir aquellas tumbas.

Por fin todo estuvo preparado. Nunca olvidaré la emoción con la que, en el vigorizante frescor de una mañana inglesa de verano, vi cómo el gran aparato, despojado de las lonas, aguardaba sobre el verde a ponerse en marcha. Franks estaba ya en el asiento del piloto y, primero uno y luego el otro, los motores del avión zumbaron con un gruñido profundo a medida que los probaba. Vi cómo la hierba se aplastaba contra el suelo por efecto de las hélices. Jefferson estaba subido a las alas para realizar un último examen de la solidez estructural. Yo subí al avión por la escalerilla. Mi mayordomo, diligente —y aunque desaprobaba con aire pesimista aquellos aparatos modernos—, quiso quedarse conmigo hasta el último momento, apartó la escalerilla y me gritó: «¡Buen viaje, señor!» con un tono de voz que parecía que se estuviera despidiendo de mí para toda la eternidad. Luego, vi cómo se apartaba de la ventolera provocada por las hélices.

—¡Listo! —gritó Jefferson con una sonrisa y bajando del ala al interior.

Los motores brincaron hasta alcanzar un rugido sincronizado y ensordecedor. A través de las ventanillas vi la hierba quedarse atrás... y desaparecer por debajo de nosotros. Los árboles que rodeaban mi casa se hundieron de repente... ¡y ya estábamos en el aire! Mi casa y los árboles iban haciéndose cada vez más pequeños a medida que ascendíamos en un amplio movimiento circular por encima de mi mayordomo, que se despedía de mí. Al rato reaparecieron, diminutos como juguetes. Luego desaparecieron de la vista una vez más por detrás de nosotros. Los motores rugían por encima de una campiña de campos en miniatura que parecía una colcha hecha de retales y nos dirigíamos —aunque pareciera inconcebible— a tierras y mares distantes, camino de los vastos desiertos y de aquellas montañas de las que tanto habíamos hablado y que se alzaban en mi imaginación como un espejismo, más allá de la inmensidad amarillenta de aquellos desiertos.

III

Mosul, blanco entre su verdor, en la orilla más cercana del azul Tigris, que avanzaba rodeando sus islas, se mostró frente a nosotros. Al otro lado del río, fácilmente distinguibles, estaban las colinas que cubrían lo que quedaba de la gloria de la antigua Nínive, la ciudad en la que —quizá— habían martillado hacía treinta y cinco siglos aquellos ladrillos de oro que nos habían atraído desde el corazón de un imperio lejano y aún más grandioso que este que, en su día, había sido el epítome de la grandeza humana. Franks y Jefferson se sonrieron mientras observaban la mezquita blanca y se dirigían hacia una confusa masa de lomas arboladas que había al noreste de Mosul, en dirección a un estupendo pico nevado —el Judi Dagh, recordaba bien su nombre— que se alzaba a lo lejos como una torre, por encima de un interminable caos de montañas adustas y rugosas, y por detrás, en los límites de la visión, se apreciaba la silueta de Persia. Yo iba en la cabina, detrás de los pilotos, forzando la vista para alcanzar a ver nuestro destino. ¿En cuál de aquellos terribles desfiladeros se encontraría la tumba de los tres reyes a la que se accedía por aquella amplia cornisa?

Avanzábamos a toda velocidad. Más allá de la primera cadena montañosa, un valle se abrió ante nosotros como un bol verde punteado de casas blancas entre los árboles: ¡era Amadiya! Sobrevolamos la ciudad, giramos hacia el noroeste y, después, hacia el oeste, hacia otra jungla de colinas. Los pilotos estaban siguiendo la ruta original. Era como si el silencio de la muerte se extendiera sobre aquella desolación estéril de peñascos y rocas. El rugido de nuestros motores resonaba como un sonido extraño a medida que nos colábamos por entre las cimas buscando en un valle tras otro.

De repente, Jefferson señaló por delante de nosotros, agarrando con fuerza el hombro de su compañero, que iba sentado a los mandos.

—¡Allí está!

Miré emocionado. Delante de nosotros, a unos trescientos metros o más por debajo de la cima de la montaña, pero a muchísimos más por encima del fondo del sombrío precipicio al que se asomaba, se abría una cornisa larga y ancha, evidentemente artificial. Giramos por encima de ella y comenzamos un cauteloso descenso. No sería nada gracioso que nos pillara un ventarrón en un lugar como aquel. El rugido de los motores cesó de repente y nos envolvió un silencio misterioso. Nadie dijo nada. Sentía cómo me latía el corazón. El morro del avión descendió y las rocas se apresuraron hacia nosotros y se convirtieron en una pared a mano izquierda. Por debajo de nosotros, aquella lisa terraza, más y más grande a cada segundo que pasaba, se abrió y se ensanchó. Los motores arrancaron de nuevo con un breve ladrido que reverberó sin fin después de que se hubieran quedado abruptamente en silencio. Giramos hacia la montaña y aterrizamos y avanzamos por la cornisa en diagonal, tras lo que bajamos la velocidad con un rápido giro en perpendicular a la pared de roca y nos detuvimos a menos de treinta metros de ella. ¡Habíamos llegado!

Salimos atropelladamente del aparato, como tres colegiales ansiosos, y corrimos a lo largo de la pared de roca. Enseguida me fijé en algo en lo que mis compañeros, en su primera visita, demasiado preocupados por la tormenta, no habían reparado. El precipicio que se alzaba por encima de nosotros era una galería de imágenes del antiguo arte asirio. Bajorrelieves de enormes toros alados y colosales figuras humanas con cabeza de águila dominaban una sucesión interminable de escenas esculpidas —miniaturas en comparación— que mostraban las guerras y conquistas de un imperio ya desaparecido.

Un grito de Franks, que iba por delante de nosotros, nos indicó que había dado con la entrada de la cueva. Un par de inmensos toros con cabeza humana tenían las alas abiertas alrededor de ella. Los tres nos detuvimos frente al portal. Su oscuridad nos resultó sobrecogedora. Era como si sintiéramos que había una presencia indefinible que permeaba la atmósfera.

—¡Escuchen! —susurró Franks al tiempo que me cogía el brazo con fuerza.

Del interior nos llegó un largo y extraño gemido que fue en aumento y se apagó de golpe. Nos echamos hacia atrás, víctimas de un terror primitivo, y, entonces, cuando el silencio volvió a pesar sobre la solitaria cornisa, volvimos a acercarnos, despacio, a la entrada.

Un suave viento dibujó espirales con el polvo a nuestros pies mientras permanecíamos bajo la arcada que formaban aquellas portentosas alas. Una vez más, el extraño quejido salió de la cueva. Mis facultades, aumentadas por la emoción, hicieron una rápida asociación de ideas.

—¡Tranquilos! ¡Tranquilos! —les grité a mis compañeros—. ¡No hay nada de que asustarse!

Aquellos astutos artesanos del pasado, iguales a los que habían diseñado los colosos de Memnón en Egipto, habían horadado aquella roca para que adquiriera propiedades sonoras, de manera que un sencillo viento que soplara a través de ella resonara amplificado, como una trompeta, y que el misterioso aullido, eminentemente calculado, sirviera para asustar hasta a los menos supersticiosos. Les expliqué aquello a mis compañeros.

—De acuerdo —convino Franks—, pero propongo que volvamos al viejo cacharro y comamos algo antes de aventurarnos ahí dentro. Tenemos tiempo de sobra. Nos sentiremos más fuertes con el estómago lleno. ¿Tú qué dices, Harry?

—Yo pienso lo mismo —respondió Jefferson—. Tenemos que comer. Ahora bien, personalmente, me gustaría hacer la menor cantidad de visitas posibles a la cueva y acabar con esto cuanto antes. Puede que solo sea el viento, sí, pero sigue sin gustarme. Además, tenemos que volver a por las palancas.

E hicimos bien en volver. Por ansiosos que estuviéramos por explorar la cueva, nos habíamos olvidado de asegurar el avión y a medida que nos acercábamos a él nos dimos cuenta de que estaba más lejos de la pared de roca. Ante nuestros ojos, una súbita ráfaga de viento reflejada en la pared tallada movió la aeronave perceptiblemente hacia el borde del tremendo precipicio, que aún quedaba a unos centenares de metros. Franks nos avergonzó a ambos con su inmediata entereza. Mientras nosotros nos quedábamos pasmados, él corrió hacia el aparato, se subió al ala por la parte baja y de allí pasó al compartimento de pilotaje y arrancó los motores. Acercó de nuevo el avión a la pared de roca y Jefferson y yo lo atamos con cuerda a distintos salientes.

Franks estaba pálido cuando bajó de un salto del aparato y se unió a nosotros.

—¡Están intentando matarnos! —dijo bruscamente y con la voz temblorosa, sin duda por el miedo que lo embargaba.

—No diga tonterías, Dicky —respondí—. Ha sido el viento.

Se volvió hacia mí.

—Pues este viento que hace aquí es demasiado inteligente para mi gusto. En serio, tengo un presentimiento...

—¡Pues guárdeselo para usted, compañero! —lo interrumpí bruscamente—. No quiero que nos asuste con su desbordante imaginación. No hemos volado cinco mil kilómetros para llegar a esta cueva y que ahora, cuando la tenemos delante, nos dejemos llevar por la superchería.

—El mayor tiene razón, Dicky. Decidimos volver a por el oro y aquí estamos. Venga, vamos a ello. Primero comeremos algo y, después, ¡nos pondremos manos a la obra!

Franks se quedó callado. Era evidente que estaba muy asustado. No obstante, los tres nos sentamos en la sala y, con la comida, recuperamos la alegría.

—Vamos a tener que prepararnos para pasar la noche, mayor —comentó Franks—. Al menos hoy. No podemos mover tres toneladas de oro en lo que queda de día.

—¡Tres toneladas! —murmuró Jefferson—. ¡Por Dios! Tres toneladas de oro..., ¡piensen en ello! ¡Muy grande tendrá que ser ese fantasma para evitar que me lleve tres toneladas de oro!

Franks frunció el ceño pero no dijo nada.

—Sí, está claro que vamos a tener que pasar aquí la noche —me mostré de acuerdo—, pero cargaremos tanto oro como sea posible hasta que oscurezca.

—¡Por supuesto! —respondió Franks—. Yo ya estoy listo. Propongo que empecemos por la tumba que ya está abierta. —Dudó unos instantes, como si se avergonzase de lo que estaba pensando—. Por cierto, mayor, ¿tiene por ahí el papel con lo que significaba la inscripción? —Aunque intentó que su voz sonara calmada, no tuvo mucho éxito.

Lo miré con reprobación, pero no iba a olvidarse del tema.

—Por favor, deje que le eche una ojeada —insistió.

No podía negarme. Saqué del bolsillo la hoja de papel en la que había apuntado de memoria lo que McPherson había traducido de aquella ominosa inscripción y se lo entregué.

—«Yo, Sarchon, Rey de Reyes, hijo de Nimrot, Rey de Reyes, que yazco en esta tumba, digo: no abras esta tumba. Porque aquel que retire la piedra que me cubre morirá y en mi tumba no hallará reposo, ni volverá a lucir el sol para él y los suyos no conocerán su destino».

La amenaza, a medida que la leía, y por calmada que fuera su voz, sonaba peculiarmente impresionante en presencia de aquellos monstruos de piedra inefablemente apacibles que se veían desde las ventanillas de la sala. Su silencio resultaba elocuente. Franks levantó la vista del papel.

—¿Cree usted, mayor, que..., supongamos que hubiera algo en...? Que no estoy diciendo que haya nada, es solo un suponer..., pero ¿cree usted que la profecía se cumplió al abrirse la primera tumba? He estado pensando en el esqueleto que había debajo de la losa. Si ese pobre diablo pagó el castigo... Solo dice «aquel que retire la piedra», ¿sabe a qué me refiero? Siendo así, nosotros estaremos a salvo aunque nos llevemos el tesoro de la tumba. ¿Qué opina? Y quizá haya tanto en ella como para que no queramos molestar a los demás.

—¡Dicky, cállate de una vez —le dijo Jefferson—, que me estás poniendo los pelos de punta!

A mí también me los estaba poniendo. Había que dejar de hablar de aquello de inmediato. Teniendo en cuenta la soledad profunda en la que nos íbamos a internar, era mejor no empezar con especulaciones fantasiosas.

—Sí, vaciemos primero la tumba que está abierta —le dije, y me alegré de que mi voz sonase imperturbable—, pero me gustaría abrir una de las otras dos antes de que caiga la noche. Al parecer, esta cornisa no es un lugar especialmente seguro para el avión y es mejor que no pasemos aquí ni un minuto más de los necesarios. Como nos pille aquí un vendaval, la cosa podría complicarse, por decirlo de algún modo. En ocasiones, el aire frío de las montañas sopla con fuerza huracanada mientras se apresura para ocupar el lugar de la atmósfera que han calentado las llanuras desérticas. —Estaba preparado para ofrecer una explicación racional para todo lo que hubiera pasado o pudiera pasar.

Jefferson se levantó como accionado por un resorte.

—¡Pues manos a la obra, mayor! ¡Vamos, Dicky! ¡Les apuesto lo que quieran a que soy el primero que le acierta con una piedra a cualquier viejo fantasma que decida aparecérsenos! ¡Y el que pierda paga la cena en el Savoy cuando estemos de vuelta! —Se rio como se ríen los niños—. ¡Venga, vamos! ¡A por el tesoro del pirata! ¿Dónde están esas viejas huchas?

Agradecí que se mostrase jocoso. Incluso Franks sonrió cuando nos levantábamos de la mesa. Unos minutos después, con el aeroplano firmemente asegurado, emprendimos el camino a la cueva con dos cajas de munición con asas de cuerda —las «huchas» de Jefferson—, que eran lo que habíamos traído para transportar el tesoro.

Después de la buena comida, que habíamos enriquecido con una botella de lo mejor, la oscura entrada de la cueva ya no parecía tan amenazadora. Ignoramos los enormes toros con cabeza humana a medida que entrábamos y Jefferson se puso a cantar —con intención de desafiar con humor las fantasías del principio— la tonada de *La isla del tesoro* de Stevenson:

—¡Quince hombres hay en el cofre del muerto!
  ¡La bebida y el diablo se encargaron del resto!
  ¡Ja, ja, ja, la botella de ron!

»¡Por aquí se llega al cofre del tesoro, grumetes! ¡Es un viaje guiado por expertos oficiales británicos! ¡Esqueletos de verdad incluidos en el precio! ¡Viajes guiados para todos! ¡Pagas y eliges! ¡Ja, ja, ja, la botella del ron! ¡Por aquí se llega al cofre del tesoro!

Franks interrumpió la declamación seriocómica de su camarada.

—¡Harry, cállate! —le increpó irritado—. ¡No bromees con esto! Al fin y al cabo... —No acabó la frase, pero era evidente que tenía en mente al anterior cazador de tesoros.

El largo y extraño gemido sonó nuevamente desde el interior de la cueva, pero lo ignoramos con determinación y encendimos las linternas a medida que entrábamos en aquel lóbrego y frío lugar.

—Es muy ingeniosa la manera en que esta gente de antaño diseñó la acústica de este lugar —comenté como con indiferencia, si bien esa indiferencia no se correspondía con lo que sentía realmente—. ¿Han notado ese soplo de aire? —Intenté convencerme de que, si temblaba, era tan solo por el frío que hacía en aquella cavidad en la que no entraba el sol.

—¿De aire? ¿Está seguro? —respondió Franks con voz extraña.

Seguimos en silencio hasta que llegamos a la primera tumba. Allí, tal y como me habían contado Franks y Jefferson en su día, estaba la losa caída de costado y, debajo de ella, el esqueleto con la barra de hierro al lado.

Echamos una ojeada muy rápida tanto a aquella reliquia desafortunada como a las tallas tremendamente interesantes que había en el exterior del sarcófago. El encanto de su imaginado contenido, al alcance de nuestra mano después de un viaje tan largo, nos deslumbró de tal manera que queríamos poseerlo cuanto antes. Ahora comprendo esa locura que induce el ansia de oro y sobre la que he leído en relatos acerca de las primeras excavaciones. No me cabe duda de que habríamos matado sin pensarlo a cualquiera que hubiera intentado interponerse entre el tesoro y nosotros. Me sobresaltó la expresión de mis camaradas cuando les vi el rostro en el círculo de luz de mi linterna. Ya no eran jóvenes. La fiebre del oro chispeaba en sus ojos y les hacía parecer ancianos enjutos y codiciosos. Aquella metamorfosis me sorprendió mucho, pero solo durante el instante de atención que les presté. Sin hablar, pero con una intensidad de acción concentrada, los tres subimos al pedestal de la tumba. Volvimos a oír el largo y lóbrego gemido que provenía del oscuro interior de la cueva, pero en esta ocasión cayó en oídos sordos. Tal era nuestra excitación que hasta una aparición nos habría pasado desapercibida en aquel momento.

Iluminamos el interior del sarcófago con las linternas. El inquietante miedo que sentíamos en nuestro subconsciente y que ninguno quería expresar se disipó de inmediato. La luz de las linternas se reflejó en el brillo mate de la cama metálica sobre la que reposaban unos pocos fragmentos de hueso y restos de ropa de lino encerada. ¡El tesoro seguía allí! Solo faltaban dos de los lingotes en la zona que más cerca teníamos.

—¡Hurra! —exclamó Jefferson. Su voz reverberó de manera extraña y asombrosa en la cámara que formaba aquella cueva—. ¡El caballerete nos lo ha estado cuidando! ¡Adelante, grumetes —ansioso, adelantó la mano y cogió un lingote—, ¡que en cuanto esté a bordo del lugre, el tesoro es nuestro!

—Lo mejor sería que uno de nosotros bajase y fuera metiéndolo en las cajas —apunté—. Los otros dos le vamos pasando los lingotes.

—Yo me encargo de encajarlo —respondió Franks, esforzándose claramente por mantener el control.

Me fijé en que, aprensivo, levantaba la vista cuando el siniestro quejido volvió a resonar como un aliento en nuestros oídos. Bajó del pedestal de un salto y empezó a coger los pequeños lingotes de oro que le pasábamos y a ordenarlos cuidadosamente en las cajas.

Trabajábamos en silencio, pero con una curiosa rapidez instintiva, como si nos sintiéramos amenazados por una posible interrupción. Nada se movió, sin embargo, ni siquiera un murciélago, en aquella cueva perdida en las solitarias montañas. Nuestros vagos miedos fueron replegándose a medida que trabajábamos sin interferencia, visible o invisible. Jefferson incluso empezó a silbar.

Una vez que llenamos las dos cajas, los tres —con Franks en el centro porque era el más fuerte— volvimos tambaleándonos al aeroplano. Era sorprendente lo que pesaba aquello. Cuando llegamos al aparato, todo era perfectamente normal y no se había movido ni un poco.

Subimos a bordo y colocamos las cajas en la bodega. Cuando bajamos del avión con otras dos cajas vacías, me di cuenta de que el sol ya empezaba a esconderse por detrás de las crestas más altas del caos de montañas que nos rodeaban.

—Deberíamos vaciar la primera tumba antes de que caiga la noche —comenté con cierto nerviosismo— y, para eso, vamos a tener que darnos prisa.

No tenía el más mínimo interés en pasar dos noches en aquella peligrosa cornisa.

Volvimos a la cueva a toda prisa y trabajamos con ganas. Completamos un viaje tras otro, muy cargados, hasta el aeroplano. Capa tras capa, los lingotes de oro iban llenando las cajas. Había más de los que habíamos calculado; tendría que haber caído en la cuenta de que habría la cantidad necesaria para completar algún número sagrado. Ya era noche cerrada cuando, agotados, trastabillamos con la última carga hasta el que era ahora nuestro hogar. La luz que habíamos dejado encendida en la sala brillaba a través de las ventanillas y nos daba la bienvenida y nos sugería una comodidad y una seguridad de lo más agradables. Desde luego, había que reconocer que aquellos últimos viajes en una oscuridad creciente habían sido espeluznantes.

No obstante, estábamos todos animados cuando nos sentamos a cenar y brindamos por nuestra buena suerte con otra botella. Los tres nos regodeábamos con la gran cantidad de cofres del tesoro que teníamos en la bodega, entre las alas. Jefferson, como era típico en él, expresó la duda de que el espacio fuera a ser suficiente para contener el botín que obtuviéramos de las otras tumbas.

—¡Ya lo meteremos en algún lado, no tema! —respondí alegremente—. Empezaremos a trabajar en cuanto amanezca y habremos acabado antes de que se haga de noche. Compañeros... —y me volví a ellos—, ¡se dan cuenta de lo ricos que somos! ¡No me lo puedo creer!

—Yo tampoco —dijo Franks, que, aunque se mostró de acuerdo conmigo, estaba serio—, pero no vendamos la piel del oso antes de que estemos sanos y salvos en casa. Y, por cierto, voy a salir a comprobar que las cuerdas con las que hemos atado el avión están seguras. Estamos en muy mal sitio si al viento le da por soplar esta noche.

Y, nada más acabar la frase, saltó a la oscuridad. En cuestión de minutos volvió calmado.

—Ni una tempestad nos movería —comentó—, pero voy a encender los focos igualmente. Tener un accidente a oscuras no sería ninguna broma.

Fue a la cabina y, en un instante, la cornisa se inundó del fulgor reflejado de los focos, dos grandes círculos que iluminaban la plácida quietud de aquellos monstruos grotescos tallados en la pared de roca.

Exhaustos, nos acostamos en las literas y, en cuestión de minutos, estábamos dormidos.

No sé cuánto tiempo habría dormido. Me despertó una pesadilla confusa en la que unas atemorizantes figuras asirias me tiraban oro mientras estaba sentado en el comedor del Hotel Savoy y la atmósfera se llenaba de un impetuoso tumulto en el que las columnas de color crema y oro de aquel establecimiento tan renombrado se balanceaban como si estuvieran padeciendo un terremoto. Me daba la sensación de que el hotel entero se estuviera cayendo, deslizándose... deslizándose... a un abismo sin fondo que lo recibía de buena gana. Mi conciencia se esforzó por abrirse camino en aquel batiburrillo de fantasmas soñados que la poblaban y recuperó toda su capacidad de percepción debido a algo que la alarmó tremendamente.

El aeroplano se elevaba, se movía, botaba, se soltaba ahora una cuerda, se sacudía, liberado de repente, subiendo y bajando de lado a lado, presa de un vendaval que aullaba entre las montañas con la furia de un huracán. Torrentes de lluvia martilleaban el techo de lona. Por las ventanillas de la sala vi, de súbito, la pared de roca esculpida iluminada por un relámpago cegador. Un estrepitoso trueno ahogó mi voz mientras gritaba a mis compañeros.

Pero ya estaban despiertos. Jefferson, que se había levantado de un salto, encendió las luces y la sala se iluminó. Franks se dirigía a la puerta de la cabina dando tumbos, como si estuviera en un yate zarandeado por una tormenta en el muelle.

—¡En un momento iremos sin rumbo! —Oí que gritaba mientras desaparecía por la puerta.

Enseguida me di cuenta de cuál era su propósito. Iba a arrancar los motores.

Pasó un instante más y, con un agudo chasquido en medio de una potente ráfaga de viento y lluvia y de un relámpago acompañado de un trueno, la última cuerda se rompió. El aparato se levantó sobre su eje. Oí cómo un ala rascaba la cornisa mientras nos deslizábamos. Por instinto, si bien en vano, busqué uno de los soportes de la litera para sujetarme. En cuestión de segundos nos caeríamos por el precipicio.

Angustiado, deseando que cesara aquel sonido chirriante del ala, oí el bienvenido rugido de los motores cobrando vida. ¡Bien por Franks! Me lo imaginaba batallando a la desesperada con los controles. Mi alivio, sin embargo, no duró ni un segundo... Con una celeridad mareante empezamos a caer hacia atrás, en un horripilante descenso vertical. El aparato se balanceaba con violencia mientras intentaba enderezarse. Los motores resonaron atronadores en aquella sima negra que alcanzaba a ver por las ventanillas y fueron víctima de los espasmos de su plena potencia; si bien resultaron inútiles, como enseguida me quedó claro, para hacer frente a la furia de aquel huracán.

Así empezó nuestra desesperada batalla por salvar la vida. De nada servía pensar en unirse a Franks en la cabina, no le habría sido de ninguna ayuda aunque hubiera sido capaz de llegar. En aquellos momentos tenía que esforzarme por salvar la vida intentando no salir despedido por el techo de lona. Jefferson había desaparecido y supuse que, de alguna manera, habría logrado ir en ayuda de su colega. Me encontraba solo en una sala que se sacudía y botaba, que giraba, y me caía y volvía a levantarme cada vez que el avión adoptaba un nuevo ángulo. El viento atacaba al aeroplano como si lo golpeara con una almádena y me pregunté cuánto tiempo aguantaría sin romperse. Los focos aún estaban encendidos y por las ventanillas veía en esos momentos los blancos círculos que describían en la cara de roca, pero sin objetivo, enfocando esto y aquello con sus haces en la infinita negrura de la noche. Los motores rugían y despotricaban, luchando contra los brutales golpes y zarandeos de la tormenta, esforzándose por sacarnos de aquel pozo de montañas y elevarnos hasta las regiones sin roca del cielo.

Hubo cerca de un minuto de suspense y, entonces, por mucho que hubiera estado conteniendo el aliento para que el desastre no aconteciera... aconteció y de una manera aterradoramente repentina. Atrapado en una tremenda ráfaga de viento que soplaba en dirección al precipicio, el avión volcó. Una granizada de objetos pequeños de la cabina me cayó sobre la cabeza mientras, sujetándome a la desesperada al soporte que se retorcía en mis manos, noté los pies en el techo. Simultáneamente, oí un estrépito y un estruendo por encima del rugido de la tormenta. Las cajas que contenían el oro —sueltas en la bodega— ¡habían atravesado el techo de lona! En cuanto me di cuenta de aquello, visualicé el tesoro que tanto esfuerzo nos había costado reunir perdiéndose en la sima negra. Alcancé a ver la boca de la cueva una última vez, aunque estuviéramos boca abajo, con sus guardianes alados iluminados vivamente por un relámpago de un resplandor peculiarmente intenso.

Puede que fuera mi imaginación, pero me pareció oír un grito de triunfo sobrenatural mezclándose con el salvaje aullido del viento. No tenía ninguna teoría acústica para explicar aquello.

En cualquier caso, en medio de aquella terrible crisis, no tenía tiempo de llorar la pérdida de nuestro tesoro. Nuestra vida podía extinguirse de un momento a otro. La esperanza de sobrevivir era una burla en la que no quería pensar ni por un instante. En cualquier caso, los motores seguían rugiendo contra la furia del vendaval y, a pesar de nuestra posición invertida, aún teníamos cierto agarre en el aire. Balanceándonos violentamente de lado a lado..., sucedió el milagro. Tras un repentino descenso del morro y un mareante picado, volvimos a estar boca arriba. Saqué las piernas como pude de la lona rota del techo y las dejé caer al suelo. Me imaginé por un instante —loco de gratitud— a Franks, impávido a los mandos, luchando con todas sus fuerzas y poniendo en práctica su fascinante habilidad.

—¡Así se hace! —grité a pesar de que era consciente de que no podía oírme.

Un momento después nos vimos lanzados contra la pared de roca y oí cómo los estabilizadores de uno de los lados crujían y se rompían. ¡Aquello era el fin!

Al instante, estábamos descendiendo en largos círculos que dábamos en un ángulo pronunciado. Los motores aún rugían de forma intermitente. Miré, siguiendo los haces de luz de nuestras luces inferiores, el abismo sin fondo cuyas paredes corrían vertiginosamente a nuestro alrededor mientras caíamos en espiral. De repente vi por debajo de nosotros grandes rocas que se expandían como vejigas hinchadas. El morro se elevó de pronto..., de lado..., hubo una conmoción terrible... y todo se quedó a oscuras.

Fueron tres hombres agotados, andrajosos, medio muertos de hambre..., aterrados aún al pensar en la forma tan milagrosa en la que habían escapado de la muerte..., los que llegaron arrastrándose a Mosul cuatro días después. Dejaron tras de sí, en aquel valle sombrío, no solo un avión estrellado, sino aquellos lingotes de oro que habían llovido en mitad de una noche furiosa en un abismo desconocido. Mientras se rehacían del golpe, terriblemente magullados, durante el amanecer que iba iluminando poco a poco su regreso a la conciencia, y buscaban el camino hasta el mundo de los vivos, ni siquiera se atrevieron a mirar hacia aquella cornisa en la que, inaccesible hasta para el más valiente montañero, aquellos monstruos alados tallados en la piedra guardaban el tesoro de las tumbas.

F. BRITTEN AUSTIN

*F*rederick Britten Austin (1885-1941) fue un prolífico contribuyente a las revistas en los años que
transcurrieron entre la Primera y la Segunda Guerra
Mundial, en especial a *The Strand*, que publicó la serie
protagonizada por el detective Quentin Quayne. De no
haber sido por la inclusión del relato de Quayne *Diamond Cut Diamond* en la gigantesca recopilación de Do-
rothy L. Sayers *Great Short Stories of Detection, Mystery
and Horror (Second Series)*, publicada en 1931 y reim-
presa frecuentemente —aunque truncada—, no me
cabe duda de que Austin habría estado condenado al
olvido. Casi nada más de lo que escribió ha entrado en
ninguna antología, aunque su primer relato, *The Strange Case of Mr. Todmorden*, publicado por primera vez en
The Magpie en diciembre de 1913, lo incluyeron en *The
Evening Standard Book of Strange Stories* en 1934. Era
evidente que al editor de ficción de *The Evening Standard* le gustaba la obra de Austin, porque el periódico
publicó relatos de sus colecciones *Battlewrack* (1917),
According to Orders (1918) y *On the Borderland* (1922);
esta última contenía sus historias más extrañas.

Austin les vendió varios relatos a las revistas antes de la Gran Guerra, además de publicar la novela *The Shaping of Lavinia* (1911), mientras trabajaba en la Bolsa de Londres, pero el mismo día en que se declaró la guerra se alistó en la Brigada de Fusileros de la ciudad. Sirvió con la Fuerza Expedicionaria Británica y en el Cuerpo de Servicios de Su Majestad a lo largo de la Primera Guerra Mundial y llegó a alcanzar el rango de capitán. Se valió de sus conocimientos militares en muchos relatos. *A Saga of the Sword* (1928) seguía la historia de la guerra de forma ficticia; por su lado, *A Saga of the Sea* (1929) hablaba de la temprana exploración naval y de las batallas navales de aquellas épocas; y *The Red Flag* (1932) se detenía a valorar el poder de las personas a lo largo de los siglos.

No obstante, tras la muerte de Austin en marzo de 1941 debido a un «ataque», cuando no contaba más que cincuenta y cinco años, su obra dejó de reimprimirse y su nombre cayó en el olvido. Merecía un destino mejor; al fin y al cabo, publicó en diferentes revistas numerosos relatos que darían para una colección de historias extrañas y de misterio de calidad. La siguiente se publicó en *The Strand* en enero de 1921 y habría sido ideal para una película de Indiana Jones.

*H*ace más de doscientos años que se publican antologías de fantasmas e historias sobrenaturales. Una antología es una colección de historias o poemas de uno o más autores. En ese sentido, la traducción de *Las mil y una noches* por parte de Antoine Galland —*Les milles et une nuits*—, publicada entre 1704 y 1717, se podría considerar una de las primeras antologías de la historia, si bien la idea de que un autor traduzca y adapte historias para que encajen en un volumen cohesionado viene de mucho tiempo atrás e incluye el *Decamerón*, de Giovanni Boccaccio, completado en 1353, o incluso *La guirnalda* de Meleagro, autor que vivió en Oriente Medio en el siglo i AEC. Así que está claro que se trata de una tradición ancestral.

La antología «moderna» más temprana centrada en historias de fantasmas o sobrecogedoras es, casi sin ningún atisbo de duda, la francesa *Fantasmagoriana*, publicada en 1812. Se tradujo al inglés al año siguiente con el título *Tales of the Dead* y es el libro que Lord Byron y sus amigos —Percy Shelley, Mary Shelley y el doctor Polidori— leyeron en la Villa Diodati, cerca del lago

Ginebra, en junio de 1816 y que dio pie a la competición en la que cada uno de ellos debía escribir una historia de fantasmas —el resultado más memorable fue el *Frankenstein* de Mary Shelley—.

Desde entonces han debido de publicarse alrededor de tres mil antologías del estilo solo en inglés —yo registré dos mil cien cuando elaboré el *The Supernatural Index* en 1994—. Y aunque pocas de ellas han sido tan influyentes como aquel primer *Tales of the Dead*, no hay duda de que siempre hay sitio para otra antología de historias de fantasmas que contenga las mejores y más memorables historias sobrenaturales. Sin embargo, lo que también me quedó claro cuando hice mi índice es que, a menudo, los antologistas recopilan las mismas historias una y otra vez. «El guardavía» de Charles Dickens, «La casa y el cerebro» de Edward Bulwer-Lytton, «La litera de arriba» de F. Marion Crawford y «La pata del mono» de W.W. Jacobs lideran la lista de las historias de fantasmas más reimpresas. Si reunieras un puñado de antologías me sorprendería mucho que no apareciera en todas ellas al menos alguno de estos cuatro relatos. Ahora bien, no me malinterpretes, las cuatro son historias excelentes. Estoy de acuerdo en que cada nueva generación de lectores ha de descubrir estas historias por sí misma, pero existe el peligro de conformarnos con historias que sabemos que funcionan en vez de buscar historias menos conocidas pero igual de buenas.

A lo largo de los años ha habido antologistas que se

han salido del camino establecido para dar con los autores menos conocidos y con su obra, y ampliar así nuestra comprensión de este campo y permitir que conociéramos en profundidad el material que hay a nuestra disposición. Evidentemente, una manera de hacer esto es dar forma a una antología donde todas las historias sean nuevas, originales —algo que siempre resulta una grata sorpresa—. Esto, sin embargo, proporciona un panorama y una interpretación contemporáneos de la ficción sobrecogedora, y aunque el autor elija situar su historia en la época victoriana o en la eduardiana, seguirá viéndola con ojos modernos.

Lo que yo he querido hacer en esta antología es dar con historias que jamás se hayan reimpreso pero que dataran de la Era Dorada de las historias sobrenaturales —entre 1890 y 1920—. Estoy casi seguro de que todas estas historias te resultarán nuevas —o eso espero—, aunque cabe la posibilidad de que ya te hayas topado con una o dos. Desde luego, espero sinceramente que mi investigación no esté errada y que, en efecto, nadie las haya reimpreso desde su publicación.

Con esto no solo pretendo conseguir una antología de historias que te resultarán nuevas y originales, sino introducir una ola de escritores hasta ahora olvidados o solo conocidos por un puñado de historias extrañas. Puede que reconozcas a F. Britten Austin y a Guy Thorne, populares en su día por su ficción inusual y a menudo atrevida; sin embargo, a la mayoría de estos escritores los han olvidado injustamente a pesar de que algunos, como Huan Mee, James Barr, Lumley Deakin o Philippa Forest, escribieran historias bien espeluznantes.

He recopilado toda la información que he podido sobre estos autores y he incluido un prefacio para cada historia con la intención de añadir algo de carne a los huesos —¡por así decirlo!—, aunque creo que las historias hablan por sí mismas. Conozcas o no al autor, estoy seguro de que encontrarás estas historias memorables, aunque no todas ellas busquen provocar miedo. Estoy convencido de que una historia de fantasmas puede funcionar a varios niveles, que van desde el inquietante hormigueo que produce lo desconocido a esas atmósferas evocadoras de lo encantado, de lo extraño o de lo incierto. En estas páginas hallarás todo este espectro de lo sobrenatural y espero que cada historia deje huella en tu memoria, de manera que estos fantasmas no sigan estando perdidos.

De la introduccción original de Mike Ashley

ÍNDICE

Mike Ashley es uno de los máximos expertos ingleses en narrativa fantástica, autor de libros y colaborador de revistas y periódicos. Ha ganado el prestigioso premio Edgar Award. Vive en Kent, en el Reino Unido.

Esta primera edición de *Nocturno*
se terminó de imprimir en *Grafica Veneta S.p.A.*
di Trebaseleghe (PD) de Italia en octubre de 2023.
Para la composición del texto se ha utilizado la tipografía Arno Pro,
diseñada por Robert Slimbach.

Duomo ediciones es una empresa comprometida
con el medio ambiente. El papel utilizado para
la impresión de este libro procede de bosques
gestionados sosteniblemente.

Este libro está impreso con el sol. La energía
que ha hecho posible su impresión procede
exclusivamente de paneles solares. *Grafica
Veneta* es la primera imprenta en el
mundo que no utiliza carbón.

Otros libros de la colección

DarkTales

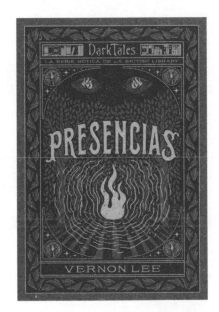